花の匣《はこ》
～桜花舞う月夜の契り～

Tomo Makiyama
牧山とも

CHARADE BUNKO

Illustration

周防佑未

CONTENTS

花の匣《はこ》

～桜花舞う月夜の契り～

【登場人物相関図】

太政大臣
壬生《みぶの》家雅《いえまさ》
女

右大臣
壬生《みぶの》敏雅《としまさ》

内大臣
壬生《みぶの》雅親《まさちか》

側室
沢子《たくし》

正室
成子《せいし》

【主人公】
壬生《みぶの》敦頼《あつより》

宣耀殿女御
倫子《りんし》

【主人公】
中務大輔
壬生《みぶの》雅宗《まさむね》

壬生《みぶの》孝雅《たかまさ》

壬生《みぶの》寛子《かんし》

今上帝
貞明《さだあき》

皇后
麗子《れいし》

内親王　内親王　親王　親王

左大臣
四条《しじょう》経信《つねのぶ》
女

登華殿女御
光子《こうし》

権中納言
四条《しじょう》良房《よしふさ》

元長《もとなが》親王　内親王　内親王

内親王　内親王

《主要登場人物》

壬生雅宗……中務大輔　敦頼の異母兄
壬生敦頼……雅宗の異母弟
茂仲……雅宗の側近、茂文の兄
茂文……敦頼の側近、雅宗の乳兄弟、茂仲の弟
白露……茂仲・茂文の母、敦頼仕えの女房
月草……敦頼の母 沢子（白川家）仕えの古参女房
壬生敏雅……右大臣　雅宗・敦頼の父
壬生雅親……内大臣　雅宗・敦頼の叔父
四条経信……左大臣　今上帝貞明の童友達、良房の父
四条良房……権中納言　経信の嫡男

君がため惜しからざりし命さへ　長くもがなとおもひけるかな

藤原義孝《ふじわらのよしたか》

あなたのためなら、死んでも惜しくない。たった一度でも、お逢《あ》いできればと思っていたこの身も、逢って帰ってきた今では急に惜しくなって、末永く逢いたいと思うようになってしまいました。

◇◆◇

「よき香りがする」

読んでいた書物から、ふと目を上げて壬生敦頼《みぶのあつより》は呟《つぶや》いた。

まだ肌寒いが、季節は春の盛りの弥生《やよい》だ。漂ってくる芳《かぐわ》しき花の香《か》に、思わず、頬《ほお》をゆるめた。

「枸橘《からたち》か、八重桜《やえざくら》か」

湛《たた》えた微笑《ほほえ》みは優美に整った容貌《ようぼう》と合わさり、儚《はかな》くも麗しい。

薄く射《さ》し込むうららかな陽光につられて、一枚だけわずかに開けた蔀《しとみ》へ、顔を向けた刹那《せつな》だった。

敦頼の身の回りを世話する茂文《しげふみ》の密《ひそ》やかな声が、襖障子《ふすましょうじ》越しに届く。

「敦頼さま。雅宗《まさむね》さまが、おみえになるそうでございます」

「今宵《こよい》か？」

「おそらく。さきほど、庭にてお声をおかけ……あ。しばし、お待ちくださいませ」

返事の途中で、妻戸《つまど》をたたく音がした。茂文が慌てて立ち上がった気配がし、幾許《いくばく》もなく、襖障子が開いて立派な公達《きんだち》が姿を見せた。

輪無唐草文様《わなしからくさもんよう》の織り込まれた萌黄《もえぎ》色の袍《ほう》に薄色《うすいろ》の衵《あこめ》、紫無文地に白の雲立涌《くもたてわく》文様が織り込まれた指貫《さしぬき》に烏帽子《えぼし》という直衣《のうし》姿だ。

凛々《りり》しい顔立ちは不機嫌そうに見えるが、実は優しい。清廉で賢く、まじめで落ち着いた物静かな心立《こころだて》の一方、勇敢であるのも知っていた。

貴族の嗜《たしな》みの和歌、書、香《こう》は当然ながら、竜笛《りゅうてき》も名人として名を馳《は》せる。

どうやら、出仕《しゅつし》を終えて邸《やしき》に戻り、彼が起居する東《ひがし》の対《たい》で衣冠《いかん》から着替えて、やってきたようだ。

書物をのせていた文台《ぶんだい》と脇息《きょうそく》を畳の上に敷いた茵《しとね》で脇へやり、出迎えた。

茂文が下がっていくのを見送って、敦頼は六日ぶりの訪れに両眼《りょうめ》を細める。

「おかえりなさいませ、義兄君《あにぎみ》」

「うむ」

うっすらと口元をほころばせたのは、異母兄《いぼけい》の壬生雅宗だ。

敦頼とは三歳違いの二十三歳で、中務大輔《なかつかさのたいふ》の任に就いている。

中務大輔は太政官《だいじょうかん》に属す八省《はっしょう》のひとつである中務省の長官《かみ》に次ぐ、次官《すけ》という第二位の官職だ。長官は親王《しんのう》が務める。

つまり、内実は雅宗が務めを取り仕切る形らしかった。

「変わりのう過ごしていたか？」

「はい。つつがなく」

「それは、なにより」

「義兄君も息災《そくさい》にて、安堵《あんど》いたしました。…なれど、宵《よい》には早《はよ》うございますのに、こちらへ参ってもよろしいのですか？」

憂いまじりに訊《たず》ねると、雅宗がうなずいてそばに座した。

そもそも、異母兄との逢瀬《おうせ》は、敦頼の側仕《そばづか》え以外の家人には秘密なのだ。それゆえ、いつもは宵を過ぎてから彼も来る。

懸念はいらぬとばかりに、小さく笑いかけられた。

「父君《ちちぎみ》は内裏《だいり》においでだ。橘《たちばな》の祖父に呼び止められていたからな。祖父は話が長い。しばらくは、放してもらえまい」

「義兄君の御母堂《ごぼどう》の？」

「左様。父君には舅《しゅうと》だ。茂仲《しげなか》へは、用事を言いつけてきた」

従って、当分は誰の邪魔も入らないと胸を張った。

茂仲というのは、茂文の実兄かつ、雅宗への忠義心が厚い、しっかり者の側近だ。

敦頼については、父と雅宗より聞いているが、仕える雅宗に害さえなければかまわないといった体《てい》らしい。

敦頼は言葉を交わしたこともないけれど、雅宗と茂文の話からして、主人や家族思いの善人のようだ。

茂文は雅宗と同い年で乳兄弟《ちきょうだい》にあたり、茂仲は彼らより二歳年嵩《としかさ》と聞く。ふたりの母親の白露《しらつゆ》も、敦頼のそばに長らく仕えてくれていた。

「左様でございましたか」

「あと、珍しい菓子が手に入ったのでな」

速やかに敦頼へ食べさせてやりたかったと言われて、胸が温かくなった。

差し出された菓子を、面映《おもは》ゆげに受け取る。

「それにしても、白昼なのに灯台《とうだい》を灯《とも》さねばならぬとは」

少し開いた一枚を除き、悉《ことごと》く閉ざされている蔀《しとみ》と妻戸を見遣った雅宗が、どこか苦々しい声遣《こわづかい》とともに息をついた。そんな彼を宥《なだ》めるよう、敦頼がかぶりを振る。

「仰《おっしゃ》らないでください。わたくしは、義兄君にこうして顧みていただけるだけで、充分なのですから」

「また、欲のないことを申す」

「真実でございますゆえ」

「敦頼…」

まごうことなき本心を告げた。なんとも言い難い痛ましげな眼差《まなざ》しを向けてくる雅宗に、うっすらと微笑む。

無垢《むく》さの中に、妖艶《ようえん》さが宿る幽微《ゆうび》な面持ちと思われているとは、知らなかった。

ふたりが住まうのは、高倉《たかくら》院と呼ばれる壬生敏雅《としまさ》の邸である。

壬生家は都《みやこ》でも最たる上級名門貴族だった。父・敏雅は壬生家の主《あるじ》で三十九歳、右大臣《みぎのおとど》を務める。威厳があって、男振りもいい。

家長として頼もしく采配を振り、同族を率いるも、横暴と紙一重ともいえた。

父の実弟の雅親《まさちか》は内大臣《うちのおとど》、異母弟ふたりも、参議《さんぎ》と中納言《ちゅうなごん》の重職を担っている。彼らの父親で、敦頼と雅宗の祖父にあたる家雅《いえまさ》は、すでに務めを退いていたが、太政大臣《おおきおとど》だ。

実権を握るのは左右の大臣《おとど》ゆえ、祖父の官職は名誉職にすぎない。とはいえ、壬生一族の朝廷内における存在感は大きい。

この百年あまり、天皇家と政《まつりごと》の近くに在《あ》ったからだろう。

ただし、権門《けんもん》はほかにもあった。今、壬生家と権勢を競っているのが、家格に遜色《そんしょく》のない四条《しじょう》家だ。

今上帝《きんじょうてい》・貞明《さだあき》の童友達《わらわともだち》という縁により、四条経信《つねのぶ》に対する帝《みかど》の信頼は厚い。

寵臣《ちょうしん》として左大臣《ひだりのおとど》に任じられて以後、四条一門の発言力が増していた。近来、壬生家と四条家の権力争いはさらに激しくなっており、勢力は互角だ。

それらはまだしも、為政《いせい》への取り組み方や、目的のためには方法を選ばぬ野心家の父が、雅宗は意に染まないと密《ひそ》かに思っているようだ。

現今、左大臣の地位を虎視眈々《こしたんたん》と狙《ねら》っているとか。主《おも》だった要職を、壬生一族で占める企《くわだ》てとみえる。

欲しいものはどうやってでも手に入れる性《しょう》の父は、自分本位で冷酷な心根の持ち主だ。彼にとって、妻子や親兄弟は駒《こま》でしかない。そういう一面が、実子からさえ信用に欠けると判断される一番の根源だろう。

無論、これは父に限ったことではなかった。四条のほうも、似たり寄ったりだ。

なにしろ、互いに娘を帝に嫁がせているところは同じだ。

敏雅は正室・成子《せいし》との間になした倫子《りんし》を、入内《じゆだい》させてひさしい。

この宣耀殿《せんようでん》の女御《にようご》は、帝の御子《みこ》を三人もうけた。うち、ひとりは来年に十一歳におなりで、元服《げんぷく》を控えた元長《もとなが》親王である。

蛇足《だそく》ながら、倫子は雅宗と同腹の姉になる。彼の下には、実の弟妹《ていまい》もいた。

雅宗は両親のどちらにも、まんべんなく似たらしい。敦頼が見る限り、目元と鼻が父譲りに思えた。

兄弟たちの母・成子は大納言《だいなごん》の橘時平《ときひら》の娘で、身分は申し分ない。よって、彼は次代の壬生家を継ぐ右大臣の嫡男《ちやくなん》という立場にいる。

片や、左大臣の娘・光子《こうし》も、登華殿《とうかでん》の女御と称され、内親王《ないしんのう》をふたり産んだ。

只今、どちらへの寵愛が眩《まぶ》しいかは、五分五分と言われる。倫子と光子以外にも皇后の麗《れい》子《し》をはじめ、後宮《こうきゅう》に妻は数多《あまた》いるため、当然だ。

四条家は、待望の男子誕生は叶《かな》っていない。けれど、左大臣自らが帝の覚えがめでたいので、右大臣を後目《しりめ》に我が世の春を謳歌《おうか》しているらしい。

かくいう敦頼は、敏雅の側室の子だった。目下、位階も官職もない。

母の名は沢子《たくし》といった。代々、神事を司《つかさど》る神職の家系たる白川《しらかわ》家の出身だ。

幼い頃から巫女《みこ》になるつもりでいたが、沢子の美貌を聞きつけた父に見初められ、十四歳で壬生家に輿入《こしい》れしたそうだ。

しかし、嫁いで八年後、生来、身体《からだ》が弱かった母は二十二歳で亡くなった。

敦頼が弱冠七歳のみぎりだった。

嫡子でないにせよ、男子の誕生は歓迎されるにもかかわらず、敦頼は事情が異なった。その由《よし》は、己の姿にあった。

敦頼の髪と瞳《ひとみ》は、本来そうあるべき黒とは違った。

髪は蒸栗色《むしくりいろ》で、眼の色は翡翠《ひすい》という唐人《からびと》（外国人）のごとき姿形だ。肌の色も、透きとおるような白さで父母とは似ても似つかなかったのだ。

一歳、二歳と年を重ねたのちも、蒸栗色の髪と翠色《みどり》の眼は変わらない。むしろ、色合いは鮮やかになり、麗容も併《あわ》せて異彩を放った。

敏雅は息子の異形《いぎょう》に、あからさまに眉《まゆ》をひそめたと聞く。

妻が別の男と通じたのではと、疑ったのだ。ゆえに、母を住まわせていた西《にし》の対《たい》への訪れは以降、途絶えた。

そうはいうものの、母の実家の手前か、暮らしに要する諸々は充分あてがわれた。

以来、父は敦頼を人目に触れさせぬよう手配りした。敦頼が長じるにつれ、日中は外へ出てはならぬと命じた。

陽《ひ》が暮れてからも、なるべく人前に出るなともだ。

たぶんに、この異容《いよう》を誰かに見られるのを厭《いと》ったと思われる。これが四条に露見し、弱みとされないためだろう。

身の回りの世話をする人間も、母が月草《つきくさ》なる古参の女房一名、敦頼が茂文兄弟の母親・白露の計二名と制限をかけた。

そうして、敦頼は壬生家の血縁の証《あかし》たる『雅』の字も名につけられず、元服すらさせてもらえぬまま、母子ともども、西の対に半ば幽閉《ゆうへい》された。

もちろん、母が密事《みそかごと》をするはずがない。敦頼は、たしかに敏雅の子だ。

ただ、母方の祖先には、波斯国《はしこく》（ペルシャ）の人が幾人かいたらしい。

さればこそ、敦頼の見目は先祖返りと母は言っていた。仔細《しさい》を敏雅にも説いたが、父は頑《かたく》なに耳を貸さず、妻子を捨て置いた。

白川家は唐人が伝来させた先駆けの知識や、彼らの神秘的な姿形も臆《おく》せず受け入れて、力のある巫女や覡《かんなぎ》を多く輩出してきた家系だ。

尤《もっと》も、それは表向きだという。普通の通力《つうりき》でなく、並々ならぬ異能《いのう》を持つ者のことは、白川家の秘伝と世に隠した。

されども、一族直系であろうと、通力さえない人々もいる。

通力者においても、力に明白な差があった。非常に数は少ないが、他人の心がわかる『魂《たま》読《よみ》』、時の流れの先が視《み》える『遠予見《とおよみ》』なる異能の、いずれかを持つ者がいた。

これらの異能は、相手に触れるか、目を合わせて名を呼ぶと揮《ふる》える。

だから、『魂読』と『遠予見』の異能者は、普段はなるべく人の顔を見ずに話す。

迂闊《うかつ》に、余計な力を使わぬためだ。また、彼らは直《じか》に会わずとも、目前にいる人に留《とど》まる他人の思念《しねん》が読めた。その人が辿《たど》る時の流れの先も視えた。

同様に、『遠予見』の異能者の中には、行末《ゆくすえ》が視えるのみならず、変えることができる者もいた。けれど、それほどの力の主《ぬし》は、ごく稀《まれ》にしか顕《あらわ》れない。

白川家の長い歴史でも、過去にふたりのみだとか。しかも、行末に手を加えることは、世を歪《ゆが》めるとの理《ことわり》で禁忌と定められている。

万が一、そうしたとき、『遠予見』を行った当人の身がどうなるかは未知だ。

誰も試みていないので、わからないのだ。

当たり前に、些細《ささい》な触れ合いで近い行末を視たり、心を読んだ程度だと、自身への代償は概《おおむ》ねない。

反対に、意識して『魂読』を行う、かなり先の『遠予見』をする際は、熱を出して数日間は寝込む対価を払わねばならなかった。

おしなべて、力が強ければ強いほど、短命でもある。

さらに、『遠予見』の力を持つ異能者は、自身については視えない。

己以外の、『遠予見』ができる一族に詳しい先の世を訊ねたり、訊《き》かれた側が応《こた》えるのも、同じいわれで固く禁じられていた。

唯一、寿命に限っては〝歪み〟に響かぬため、教えてもよいとされる。だが、死に方は告げてはならないとの掟《おきて》があった。

敦頼の母は、かなり強い『遠予見』の力を有した。

敦頼は『魂読』、『遠予見』の両方と、行末を変える異能をも受け継いだ上、各々の力も尋常ならざる力量の稀有《けう》な存在だった。

親子二代、立てつづけに非凡なる異能者なのも稀代《きたい》という。

それゆえか、物心がついた頃には、母から宣告された。

「敦頼。そなたは二十《はたち》の、皐月朔日《さつきさくじつ》（旧暦五月一日）で命《いのち》が尽きます」

「……はい」

「私《わたくし》の寿命も、そなたにはわかりますね？」

「…承知しております」

「それまでに、覚悟を決めておくのですよ」

「畏《かしこ》まりました」

たどたどしい言いようながら、敦頼が静かに答えた。

なんとも言えぬ様子の母の背後では、彼女の輿入れ時に実家からついてきた女房の月草が、小袿《こうちき》の袖《そで》で目元を拭《ぬぐ》っていた。

月草は元々、白川家に仕える者なので、異能についてもわかっている。

壬生家の人間は、誰も知らなかった。否、父の非情な仕打ちを受けて、母が話さないと決めたのが実情だ。

もしも、父が情け深い人であったなら、母は異能にて夫を支え、助けになる心づもりで嫁いできたそうだ。

敦頼も、心を許せる人にしか打ち明けてはならぬと言い聞かされていた。

「酷なことを申す母を、許してくださいね」

「許すだなどと…」

「すべては、限られた生《せい》をそなたが悔いなきよう、せいいっぱい生きてほしいと望むゆえの次第です。……なれども」

「母君《ははぎみ》？」

「いえ……」

「……？」

なにか口にしかけてやめた母に、敦頼が首をかしげる。

なんでもないとかぶりを振り、愛《いと》おしげに頬を撫でられた。もう、あと二度、四季がめぐれば、母はいなくなる。

どんなにつらくとも、変えられない事実だ。『遠予見』ができてしまうゆえに、どういう死に方をするかもわかる分、やり切れなかった。

他人の心中が読めたり、時の流れの先が視える事柄を、子供らしくおもしろがれたのは、ほんの最初だけだった。

やがて、己《おの》が身に備わる異能に戸惑った。まだ力を制御できぬ間は、特に動転した。『魂読』は頭の中で唐突に他人の声が響くし、『遠予見』は覚えのない景色《けしき》が音とともに、やはり突然、目の前に映し出される。

現在、見ている光景と二重に視えるので、混乱は増長の一途を辿った。

母の的確な助言がなかったなら、きっと心が壊れていただろう。軽々しく誰かに口外できないとなれば、なおさらだ。

身近な人と、その人が接してきた相手の意中や寿命、行末などが悲喜を問わずわかり、視える現実が重くのしかかり始めた。

そうでなくとも珍奇な見目なのに、異能まで持っているとはと途方に暮れた。

それでも、似通った境遇の母に励まされ、敦頼は自らの運命を受け入れていった。なんといっても、悩み嘆く時がもったいないと達観した。

異能の操り方を心得れば、徒《いたずら》に力を使わずにすむと知ったせいもある。

そう思えたのも、母があらん限りの愛情を注いでくれたからだ。

望みのない生涯に、世を儚んでもおかしくはない身の上だが、おかげで、妙に拗《ねじ》けずに育った。

限られた人間としか、かかわっていないので、少々人怖《ひとお》じするのは仕方ない。

その傍ら、慣れた相手には朗《ほが》らかで、おっとりながらも気高く潔い。意思の表示も、それなりにはっきりする。

慈しみを与えたのは、母だけではない。敦頼が三歳の頃より、和歌と書、香、琴《きん》の師であった父方の叔父の雅親もだ。

父は、敦頼の珍異な姿が他所《よそ》に漏れぬよう、身内の弟に教えさせたのだ。

容貌のみを所以《ゆえん》に我が子を疎んじておいて、将来なにか役に立つかもしれぬとの邪《よこしま》な考えで嗜みを身につけさせる兄のやり方を、雅親は快《こころよ》く思っていなかった。

三条大路《さんじょうおおじ》にある自らの邸から訪ねてくるつど、言っていた。

「都には唐人が幾人もいるのに、まして、折々に内裏へも参内《さんだい》しますものを、兄君《あにぎみ》のなさりようは道理が通りませぬ」

理《り》に適った意見とはいえ、諫言《かんげん》も甲斐《かい》なしと悟っていたらしい。

父に直接は言わず、敦頼親子をいたわり、慰めてくれた。

母も、雅親のことは信じるに足る人と認めていた。なんの下心もなく、心から思いやっているとわかったせいだ。

「ましてや、義姉君《あねぎみ》が貞節なお方でいらっしゃるのは、多少なりともお話しすれば、たちまちにわかりますのに」

「痛み入ります」

「なればこそ、お気になさらずともよいのです」

「雅親殿《どの》のお心遣い、まことにありがたく存じます」

敦頼が雅親に習い事をするのを御簾《みす》越しに眺めて、母は常々、謝辞を述べた。

父の男兄弟は異母弟を含め三人いたが、かかわりはこの叔父に限られた。そのくらい徹底して、親族にすら敦頼のことを隠したかったのだろう。

事実、敦頼は父方の祖父母も見知っていない。

母方の祖父母とは、何度か会った。けれど、彼らの訪問に父がいい顔をせず、母も自身の両親を慮《おもんぱか》って訪《おとな》いを断り、つきあいはやんだ。

これ以降は、文《ふみ》のやりとりをしていたのを覚えている。

父の実弟という経緯もあり、身構えていた母だが、雅親の善良ぶりに救いを見出《みいだ》せた。

「敦頼もだ」

「叔父君…」

「父のかわりなら、わたしがいくらでもなろう。よいな？」

「はい」

「よい子だ」

その言葉に違《たが》わず、雅親は室内で遊べる道具を、しばしば持ってきてくれた。敦頼と年が近い男の子供が幾人か彼にもいたから、造作もなかったようだ。

それでも、叔父に奇異な目で見られるのが怖くて、異能のことは黙っていた。

どうせ、余命もさほどないとの思いもあった。

交際がうまく温厚、聡明で公平な雅親に、敦頼も慣れ親しんだ。

母の死後は殊更《ことさら》、彼は親がわりのように心を砕いている。内大臣に昇進した今も、変わらず気遣ってくれる。

そして、もうひとり、心の支えとなったのが、異母兄の雅宗だ。

雅宗と初めて会ったのは、彼が十歳、敦頼が七歳の折だった。

母が病《やまい》で亡くなって、七七日《なななぬか》（四十九日《しじゆうくにち》）が経っていた。母の葬儀が終わるなり、父は、白川家からついてきた女房の月草を邸から追い出した。

敦頼を引き取るとの、母方の祖父母による申し出も退けた。

息子の異体が世間に漏れるのも嫌だが、使い道があるかもしれないものを手放すのも、惜しんだとみえる。

このとき、白露から息子の茂文と引き合わされたけれど、まだ慣れるはずもない。

月草と母の思い出話もできなくなり、悲しかった。

寂しくて恋しくて、敦頼は父の命令を破り、日中に庭へ出た。

白露の制止も振り切り、広い庭を侍女の目から逃れて走る。その足で、母が生前、愛《め》でていた橘の木のところに行き、俯《うつむ》いて泣いていた。すると、樹上から玲瓏《れいろう》な鈴《すず》の音《ね》と、愛らしい『にゃあ』という鳴き声がした。

「⁉」

涙眼で見上げた先に、真っ白い毛の子猫がいて、驚きで涙が止まった。話には聞いていたものの、実物は見たことがなかったせいだ。

首に赤い紐《ひも》で鈴をつけられた子猫は枝の途中で蹲《うずくま》り、動こうとしない。

「……もしかして、下りてこられぬのか？」

まるで、『そうだ』と答えるように、子猫が鳴いた。

枝ぶりも見事な橘は、けっこうな高さがある。どこから迷い込んできたかはわからなくも、登ったはいいが、身動きが取れなくなったらしかった。

なんとも哀《あわ》れな鳴き声がかわいそうで、敦頼は木に手をかける。

ひとりぼっちで泣く姿が、自らと重なった。

「待って。助けてやろう」

木登りなど、したためしはない。それ以前に、外を駆け回って遊んだこともなかったが、放ってはおけなかった。

登れるか否かは頭になく、どうにかなるとの考えでいた。

まずは、根元に浅沓《あさぐつ》を脱いで、腕まくりをする。案の定、容易《たやす》くはいかず、垂《さ》げ鬟《みずら》に結った髪や、鈍色《にびいろ》の小狩衣《こかりぎぬ》と指貫が枝葉に引っかかった。

小枝で顔をかすり、手足を擦りむきもして四苦八苦しつつも、なんとか子猫がいる太い枝まで辿り着いた。

休む間もなく這《は》うように枝を伝い、子猫へ再び声をかける。

「おいで?」

黄金色《こがねいろ》の両眼が、注意深く敦頼を見つめ返してきた。一緒に下りようと何回か囁きかけて、脅かさぬよう近寄っていく。

しばしののち、慎重にそっと手を伸べて子猫を持ち上げ、胸元に抱いた。

もっと上のほうへ逃げられたり、暴れてかすられもせずに、息をつく。

「もう、平気ゆえな」

よほど怖かったのか、敦頼の小狩衣に爪を食い込ませてしがみついてくる。そのまま、肩へとよじ登られて、白い毛並みが頬をくすぐった。

「こら。…って、わあ。ふわふわだ」

小さな温もりに、母を喪《うしな》って忘れていた笑みが、自《おの》ずと浮かぶ。

髪を結んでいる紐で、遊び始められたときだった。枝から両手を離していたので、心ならずも身体が傾《かし》いだ。

「……っ」

手近な枝へ摑《つか》まろうにも、間に合わない。気づけば、真っ逆さまに落ちていた。

子猫だけは庇《かば》わねばと胸にしっかりと抱え、眼を瞑《つぶ》って身構える。

痛みが訪れるはずが、寛雅《かんが》な薫《かお》りに包まれた。つづいて、大きな溜《た》め息《いき》が聞こえ、敦頼が瞼《まぶた》を開く。

「‼」

そこには、子猫を抱いた自分を腹のあたりに乗せた姿で、地面に腰を下ろす少年がいた。

浅沓も片方が脱げてしまっている。

少年といっても、紫の小狩衣と紅《くれない》の単《ひとえ》、二藍《ふたあい》の指貫と垂げ髪《みずら》で、そう判じられたにすぎない。小柄な敦頼より、だいぶん体格のいい童子だ。

おそらく、いくつか年上なのだろう。着ているものの色合いや文様《もんよう》からも、高い品格が窺《うかが》えた。

この事態から察するに、彼が敦頼を抱き止めようとして、降ってきた敦頼の勢い余って地面へ尻餅《しりもち》をついたのは間違いあるまい。

大慌てで詫《わ》びと礼を言う寸前、子猫が鳴いた。咄嗟《とっさ》に、敦頼が笑顔を浮かべて呟く。

「よかった。無事で」

「そなたもな」

「あ!」

年齢に見合わぬ悠々《ゆうゆう》とした声と語り口に、我に返った。

子猫から少年へと眼差しを移すと、彼がなおもつづける。

「頬や手足のかすり傷のほかは、大事《だいじ》ないか?」

「は、はい。申し訳ございませぬ。あなたさまこそ、お怪我《けが》は…っ」

「どこも、なんともない」

「左様ですか…」

相手が無事とわかり、敦頼の心が静まる。だが、ほんの少しだ。己がしでかしてしまった粗相《そそう》に、動揺を隠せずにいた。

「すまぬが、退《の》いてもらえるか」

「重ね重ね、ご無礼をいたしました！」

「いや」

今度こそ、少年の上から下りた。彼の左脇へ、装束が汚れるのもかまわずに座る。

常の習《なら》わしを忘れ、間近で目を見てしまう。思いがけぬ仕儀に心が揺れ、触れていたせいもあって、異能を御《ぎょ》せなかった。

直《ただ》ちに目前の少年が誰か詳《つまび》らかになり、双眼を軽く瞠《みは》る。そんな敦頼をよそに、彼はさほど驚嘆したふうもなく見つめてきた。

「私《わたし》の猫を助けてくれた礼だ」

「……雅宗、さまの猫？」

「私を知っておるのか？」

「え？　いえ。その…」

どう答えていいか迷い、結局、曖昧《あいまい》にごまかした。それ以上、踏み込んでこなかったかわりとばかり、訊ねられる。

「私は、そなたを知らぬ。名乗ってくれぬか」

「はい…」

どんな素振りをされるか内心、心細くなりつつも、名を告げた。敦頼の素性を聞いた雅宗が、眉を片方上げる。

なんとも不思議そうな顔つきで、どこか諭《さと》すように述べた。

「母は違えど、父を同じくする兄弟であるそなたが、私を『さま』づけで呼ばずともよかろうに」

「…よいのですか？」

「よくない所以があるとは思えぬがな。そなたは、私の異母弟《おとうと》だ」

「………」

彼が本心からそう言っているのが、わかった。このような形《なり》を目の当たりにしても、動じたふうもない肝《きも》の据わりぶりも意外だ。

正直にそこを訊くと、多少は驚いていると返された。

さりながら、貴族の子弟が宮中の作法を見習うため、昇殿《しょうでん》して側近に仕える童殿上《わらわてんじょう》の際、内裏で唐人を見たことがあり、騒ぎ立てるまでもないとか。

さんざん騒いだ父の子とは思えぬ正反対の待遇に、ますます瞠目する。

なによりも、初会《しょかい》で自分を見てまったく忌避《きひ》もせず、好ましい情を向けてくる相手は珍しかった。

初めて顔を合わせた茂文に若干、怯《おび》えられたから、いちだんとだ。

うれしさを押し殺せぬまま、敦頼は淡い微笑を湛えて訊く。

「では、義兄君とお呼びしても、かまいませぬか?」

「かまわぬ。私は、敦頼でよいか」

「はい」

短く応じると、雅宗が敦頼の母は唐人かと端的に問うてきた。

真率《しんそつ》な人だと感心しつつ、事情を話す。不審な点が出てくるたび糺《ただ》され、異能を除く今の平常をすっかり語っていた。

「…知らなかった。それゆえの喪衣《もぎぬ》であったか」

「左様でございます」

どこか憮然《ぶぜん》と呟いた雅宗へと、子猫が唐突に飛び移った。

ついといったふうに笑んだ彼が、片手で持てる白い塊を撫でて話題を変える。

「見たところ、これはその橘の木に登って、下りられなくなっておったのであろう?」

「そのようでした」

「庭中の木で、同じことを繰り返しておる。懲りぬやつだ」

「遊び盛りなのですね」

「今日も、少し目を離した隙《すき》に、逃げられてな。捜していたのだ」

迷惑をかけたと、小さく頭を下げられて惑った。

初対面でこうも打ち解けられるとは思っていなくて、返事に躊躇《ためら》う。そのとき、遠くのほうから、雅宗を呼ばわる声が聞こえた。

「私が捜される身になっておるな」

「お引き止めしてしまい、申し訳ございませぬ」

「そなたが謝らずともよい」

「はい。まさむ…」

「もう、間違えておるぞ」

「あっ。ええと……義兄君」

「よし」

凜《りん》とした声音で窘《たしな》めた彼が、おもむろに立ち上がる。自身だけでなく、子猫を抱いていないほうの手を敦頼に差し伸べて立たせてくれた。小狩衣の汚れも払ってくれる。

恐れもせず、触れてくる手が新鮮だ。別れ際には、頭も撫でられた。

「枝に引っかけたのか、髪が乱れている」

「お見苦しき姿を、お見せして…」

「気にせずともよい。女房にでも、整えてもらうように」

「はい」

「傷の手当ても、してもらうのだぞ」

「畏まりました。…あの、義兄君」

「なんだ」

向かい合った雅宗は、敦頼よりも頭半分ほど身の丈《たけ》が高かった。異母兄を見上げ、その肩に乗っている白い塊を見遣って訊ねる。

「そちらの子猫は、なんという名なのですか？」

「真珠《またま》だ。毛の色がこうなのでな」

「似つかわしい名ですね」

「左様か。ならば、また会おう」

「え⁉」

なにゆえ、そのような返事になるのかわからず、思い惑った。

どちらかといえば、もう二度と会うことはないと考えていたので、なおさらだ。

雅宗が、父へ敦頼について問うた途端、どうなるかは推察できる。当惑する敦頼を後目に、彼がつけ加える。

「私もだが、真珠も敦頼を気に入ったようだ」

「……………」

想像もしなかった次第に、茫然《ぼうぜん》となった敦頼をよそに、雅宗がつづける。

子猫とともに再度、参る。あと、母御《ははご》の冥福《めいふく》を祈るとの言葉を残して、彼は脱げていた浅沓をもとどおり履いてから去っていった。

この五日後、雅宗は子猫を連れて本当に西の対へ来た。

以後、三日と置かず、遊びにきていたが、それは父や家人には秘密だった。唯一、知っていたのは、叔父の雅親のみである。

なにしろ、雅親の一言で、雅宗の腹は決まったのだそうだ。

茂文母子への口止めも、叔父自らが行ったという。

思ったとおり、彼は敦頼に会った日に、父へ敦頼のことを話したらしい。

ほかの異母兄弟は見知っているが、知らぬ異母弟と会った。なぜに、その存在を自分に知らせていなかったのかと、ありのままに訊いたとか。

この問いに、父は、はっきりと忌々しげな顔つきになったそうだ。

そうして、『敦頼は物《もの》の怪《け》つきである。家督《かとく》たるそなたになにか障《さわ》りがあっては大変ゆえ、黙っておった。以後は、会《お》うてはならぬ』と言いつけたとか。

しかし、直《じか》に会って話してみた敦頼には、怪しさなどつゆほどもなかった。

かえって、雅宗は内心で、父の言《げん》を訝《いぶか》った。

いわんや、その話が事実であれば、高僧《こうそう》に祈禱《きとう》させて祓《はら》うべきだ。

それも行った跡形《あとかた》もない。さらに不信感が募った彼は、迷った末、頼みにする叔父へ相談を持ちかけた。

顛末《てんまつ》を聞いた雅親は、『己《おの》が心念《しんねん》を貫くがよい』と言ってくれたらしかった。

叔父に背中を押されて、雅宗は父と、側近の茂仲の目を盗んでは敦頼に会いにきた。

少しずつ親しくなっていく中、この人なら信じられると思った。なおも惑い、試すつもりで、近い先の『遠予見』を何回か告げた。

面妖《めんよう》といった顔つきはすれど、薄気味悪いという素振りはされなかった。

「先日、そなたが申しておった話、事実であったたな」

「はい…」

「おかげで、助かった」

「…左様でございますか」

怪しまれるどころか、礼を言われたりして困惑するも、信用は深まった。だから、他言無用と約してもらい、異能についても話す決断をした。

ただし、人の寿命がわかる件は省く。そこも語るとなると、己の寿命にも触れられかねぬせいだ。

仮に、聞いたほうとて、困るのが実情だろう。

「義兄君、お話があるのですが」

「なんだ」

「実は、わたくしには…」

叔父のときと同じく、己にまつわることなので、『遠予見』はできない。

果たして、どのような対応が返ってくるか視えずに息を詰めた。だが、雅宗は敦頼の見目同様に、すんなりと受け入れてくれた。

「左様であったか。それゆえの、あの言い当てぶりか」

「……はい」

「見事だな」

「え」

「下手な陰陽師《おんようじ》よりも、熟練《じゅくれん》なのではないか。とは申せ、意中を読まれて困るようなことは、さほど考えておらぬし、私は別段、かまわぬがな」

「…はあ」

「なれど、そなたが他人に知られとうない思いもわかる。叔父君を含め、誰にも話さぬゆえ、安心するがよい」

「……ありがとう、存じます」

どうも、陰陽師の陰陽術《じゅつ》と似たものと受け止められたらしい。

たしかに、重なる部分もあり、異なると言い切れぬ面もあって、あえて正さなかった。

正直、拍子抜けした。けれども、気味悪がる素振りもなく、変わらず敦頼へ接しつづけた異母兄に救われた。だからこそ、互いの心がいっそう近づくにつれ、彼へ惹《ひ》かれていった。

さりとて、いくら同腹でないにせよ、自分たちは兄弟だ。

後ろめたさは、拭えない。幾度もあきらめようとするも、頼もしくも優しい雅宗を慕わずにはいられなかった。

やがて、雅宗が十八歳になった折だったか。

彼も敦頼のことを憎からず想っていると伝わり、十五歳の自分も胸が騒いだ。とはいえ、雅宗の断りなく、つぶさな『魂読』をするのは失礼なので、それ以外は読んでいない。

その頃には、元服をとうにすませた彼は、出仕や、ほかの貴族とのつきあいが忙しかった。よって、訪いは五日から七日に一度くらいになっていた。

雅宗が来ない日は、成長した真珠がかわりのように訪れ、無聊《ぶりよう》を慰めた。彼が来るときは姿を見せない真珠は不思議な猫だった。

白い猫を相手に、独り言のごとく話しかける。

「なにゆえ、わたくしたちは半分といえど、血を分けた兄弟なのであろうな」

当然ながら、真珠の返事はない。片手で顔を洗い始めた姿が微笑ましく、頬をゆるめて、しなやかな毛並みを撫でた。

せめて他人であったならば、こうも悩まずにすんだのにと嘆かわしい。

雅宗の想いはわかっても、敦頼から言い寄れるはずもなかった。背徳の恋路に、彼を引《ひ》き摺《ず》り込みたくない。

雅宗は、壬生家宗家の嫡男だ。いずれ、名家より妻《めと》を娶り、家を継ぐ立場にある。もう、すでに婚姻が遅いくらいだろう。

茂文によれば、年頃の娘を持つ貴門から、結婚の話が引きも切らないという。それに伴い、彼らが催す宴《うたげ》へ招かれることも多いらしい。

ぜひ、竜笛を聴かせてくれと頼まれれば、雅宗も断りづらかろう。右大臣の嫡子との立場もあり、招待を無下にできまい。

高家《こうけ》の出に加え、端整な容貌で優しく、義理堅い性分の彼は、女人にもてはやされているとか。とりわけ、宮中に仕える女房たちの人望が厚いらしく、文や恋の歌をもらうことも数え切れぬそうだ。

さすがは我が義兄と、誇らしかった。雅宗には、本心から幸せになってほしい。

一方で、心のどこかに、己が生きている間に想いが通じ合うといいとの儚い願いもある。

そんなことはありえないと観念しながら、それから五年が経ち、期せずして敦頼の望みは叶った。それが、半月ほど前の宵になる。

思いがけず、雅宗に恋情を明かされたのだ。

西の対のすぐ外側の簀子《すのこ》に、ふたり並んで座り、朧月《おぼろづき》の夜、咲き誇る桜を見ていたときだった。

父は方違《かたたが》えで別邸に行っていて不在、側近たちも下がっていた。

「敦頼」

「なんでございましょう？」

「知っておるやもしれぬが、私はそなたが好きだ」

「…義兄君」

「異母弟としてではなく、愛している」

「……っ」

「私の恋人になってくれぬか。敦頼」

「………」

母を亡くして以来、この十三年間、雅宗のおかげで孤独とは無縁でいられた。味気《あじけ》ないだけの余命に彩りが加わり、楽しく生きることができた。

しかし、今年、敦頼はついに二十《はたち》を迎える。愛する人の手を取ったところで、ほんの短い間しか、ともには過ごせない。けれども、遅疑《ちぎ》よりも、彼を求める欲が勝《まさ》った。

逃れられぬ酷なさだめなら、一度きりでもいい。命のあるうちに、雅宗へ身を任せて想いを遂げたい。

母は、稚《いとけな》い我が子を置いて死出の旅に出ねばならぬものの、自らが生きた証に敦頼を遺《のこ》し、育てられて満足だったと述懐《じゅっかい》した。

敦頼にそれは無理だが、少なくとも彼の記憶に残れる。

身勝手な考えとわかっているも、ほかに手立てを思いつけなかった。単に、心のみ寄り添う恋では終わりたくない。雅宗のなにもかもを身をもって感じ、自分に関しても、敦頼も知らぬ面を知ってもらって燃え尽きたかった。

彼には、己の寿命があと二月《ふたつき》ほどで尽きるとは告げられずにいた。どうしても、言い出せずに今に至っている。

申し訳ない気持ちで胸が張り裂けそうになりつつも、敦頼は息を吐いた。

長年、秘めつづけてきた恋心を告げる。

「…わたくしも、義兄君をお慕い申し上げておりました」

「まことか?」

「はい。幼き頃より、ずっと」

「そうか。恥ずかしながら見透かされておったろうが、私もだ」

「うれしゅうございました」

「何年も悩み、耐えてきた自身が哀れになってくるな」

想い合っていたなら、もっと早くに申せばよかった。煩悶《はんもん》した時《とき》が惜しく、悔やまれると嘆息する雅宗に、敦頼が小首を傾ける。

「なれど、いったい、わたくしのどこを好いてくださったのです?」

「そこまでは『読んで』おらぬのか?」

「義兄君のお許しもないのに、そのような非礼はいたしませぬ」

「そなたらしいな」

えも言われぬ笑いを、彼が滲《にじ》ませた。理屈がわからず、眉を寄せた敦頼へ、穏やかな声音が述べる。

「まずは、そういう奥ゆかしさが好ましい。それと、細く淑《しと》やかな見目形《みめかたち》に反し、自らの及ぶ範囲も顧みず、あとで痛い目を見るのに無体をする、案外、元気なところもな。こうして、明瞭《めいりよう》に意思を語る素直さも心惹かれる」

「あ、義兄君…」

「ほかには」

「いえ。もう、そのへんでご勘弁ください」

「まだまだ、あるのだがな」

「今はお許しを」

「では、いつかあらためて聞かせよう」

「…はあ」

己でせがんでおいて、なんともいたたまれなかった。

子供の頃からのつきあいのため当然にしろ、自分のことをよく見ている。羞恥で顔が熱くなった敦頼に、同じ質疑がされた。

「そなたは、私のどこを慕っておるのだ？」

「すべてでございます」

敦頼が即座に応じると、雅宗が苦笑を漏らした。自身とて、まだまだ未熟な人間だと言い聞かせるように告げる。

「ひとつくらい、嫌な面もあろうに」

「ありませぬ」

「贔屓《ひいき》がすぎるのではないか」

「いえ。そもそも、わたくしが恋い焦がれるのみで、本来なら、叶わぬ恋。いえ。叶えてはならぬ恋だったのです」

「敦頼？」

「なぜなら、人倫を外れた恋であるゆえにございます」

「……」

「義兄君の将来のためにも、見つめるだけで満足せねばならぬとわかっておりましたのに。義兄君を欲する想いに打ち勝てず、求められても拒めぬほどに、お慕いしていたわたくしにとって、嫌なところなどあるはずがございませぬ」

「わかった。もうよい」

「……っ」

突然、強い力で掻き抱《いだ》かれて、敦頼は息を呑《の》んだ。蒸栗色の髪を雅宗が優しく撫で、鼻先が触れ合う近さで囁く。

「私とて、想いの深さならば負けぬぞ」

「義兄君」

「今宵、そなたを私のものにしてもよいか？」

「…思うままに、なさってください」

「あまり、昂《たか》ぶらせるな。堪《こら》えが利かなくなろう」

「……わたくしは、かまいませぬ」

目元を朱に染めて言い、その夜、敦頼と雅宗は結ばれた。

あれから、早くも十日あまりが経っている。この間、二回、共寝し、身体を繋げた。

実際は毎夜でも枕《まくら》を交わしたかったが、敦頼の身を案じて日を置いてくれたとみえる。

さすがに、契《ちぎ》ったあとに肌を清めたりされる都合上、雅宗との仲は茂文へは隠せなかった。昔から敦頼親子に同情を寄せていた茂文は、次代の右大臣たる雅宗が、自ら仕える敦頼を、情を交わすほど大切にすることを、たいそうよろこんだ。

男同士なのはともかく、異母兄弟という点に、不快さはないらしい。

敦頼が丁重に扱われるほうが肝要なようで、本来の主人たる敏雅や兄の茂仲にも黙っていると、自ら申し出てきた。白露も味方にするべく、説得してくれた。

あの折の張り切った茂文の様子を思い出し、息をついた刹那だ。

敦頼の頬が指の背でくすぐられ、両眼を瞬《しばた》かせた。内裏から戻った雅宗を迎えたのだったと、長いもの思いから我に返る。

ほかの人とは異なり、彼とは、なんの煩《わずら》いもなく目を見て話せた。

「菓子は食わぬのか」

手中の菓子を目で示し、雅宗が言ってきた。

ひとときの夢とわかっているからこそ、一時《いっとき》も無駄にしてはならない。淡い微笑みとともに、敦頼が訊ね返す。

「義兄君は召し上がったのですか?」

「いや。まだだが」

「それでは、ご一緒に」

「そうだな」

茂文を呼んで茶を淹《い》れてきてもらい、ふたりで食す。

雅宗の許可を得て、畏まる茂文にも、いくつか分けてやった。

なにかと気詰まりな幽閉生活だが、雅宗や雅親、茂文や白露に助けられている。気遣ってくれる人々に恵まれたと、あらためて感謝の念を覚えた。

殊に、雅宗と想い合う今は、幸甚《こうじん》だった。幸せを噛みしめながら、話をせがむ。

「今日のご出仕は、いかがでございました？」

「ああ」

務めや内裏での出来事を聞かせてもらうのは、珍しくなかった。

外とのかかわりがない敦頼にとって、彼が話す内容は興味深い。異能を揮って、視たり、読んだりするのとは、まったく違う。

「御上《おかみ》が今少し、政に専心《せんしん》してくださるとよいのだがな」

「いまだ、暦《こよみ》づくりにのみ、ご執心なのでございますか？」

「無念ながら」

「左様でございますか」

「あと、卜占《ぼくせん》にもだ」

三十八歳におなりの帝は、政に関心があまりないらしい。

人の上に立つお方なれども、決断力にも乏しく、美しいものと暦づくりが好きなのだそうだ。好きが高じて、暦をつくることにばかり専念し、陰陽寮《おんようりょう》に入り浸っているという。

あるいは、美人と名高い女人を入内させた後宮にいるかだとか。

為政に関する事柄は、なんでもすぐに、右腕の左大臣に頼る。もしくは、卜占恃《だの》みなのも困りものと聞く。

天災や飢饉《ききん》、流行病《はやりやまい》が蔓延《まんえん》せず、世が平安なのが幸いだ。非常時であれば、混乱に陥るのは免れない。

そうはいっても、帝の言葉は絶対だ。臣下たちが否を唱えられるはずもなく、帝を補佐して政を行わざるをえないのだろう。

宮仕えも難儀と、雅宗の話を耳にするたび思う。

「義兄君や叔父君はもとより、陰陽寮の方々《かたがた》や、ご重臣方のご心労が偲《しの》ばれますね」

「そうでもない者もいるようだぞ」

「え?」

「いいや。気にせずともよい」

唇の端を上げた雅宗が、別の話にさりげなく移った。

しばしののち、会話が途切れた時機に、敦頼が思い出す。前回の彼の訪れで借りていた書物を、返すのにちょうどいい。

「どこへ参る?」

件《くだん》のものを取りに腰を浮かせかけると、俄《にわか》に腕を取られた。

「義兄君にお借りしていた書物を、お返ししようかと」

「あとでよかろう」

「!」

瞬く間に、雅宗の胸元へ抱き寄せられてしまった。顔を覗き込むようにされて、低い声で愛しげに名を呼ばれる。

「敦頼」

「義兄君…」

「今すぐ、そなたが欲しい」

「なれど……外は、まだ陽《ひ》が高《たこ》うございますのに」

「聞けぬな」

「あ……っ」

直衣に焚《た》き染められた白檀《びやくだん》の香と、彼の温かさに包まれ、眩暈《めまい》がした。

情欲でかすれた囁きに、堅固《けんご》に逆らうつもりはさしてない。傾いて近づいてくる端整な顔に瞼を閉じて承諾の意を表し、敦頼はくちづけを受けた。

「ん…っんん」

口内へ入ってきた雅宗の舌が、中を余さず舐《な》め回す。まだ不慣れで、息継ぎもままならぬ敦頼の舌が搦《から》め捕《と》られた。

丁寧に教え込むよう毎回、彼が導いてくれる。それでも、互いの唾汁を飲む頃には、敦頼の息は上がっていた。

「っは…あ」

「相変わらず、初々《ういうい》しいな」

「ぁ……覚えが、悪く……申し訳…っ」

「褒めておるのだ」

「んっん…ふ」

敦頼が雅宗しか知らぬのは、彼も承知だ。そのためか、自身の欲望を荒々しく押しつける抱き方は、いっさいしない。

母に似て、さほど丈夫でなく、身体つきも雅宗とは比べものにならぬくらい華奢《きやしや》なので、手加減しているに相違なかった。

房事のとき、敦頼は幾度か果てるが、彼は決まって一回なのが証拠である。

気づけば、敦頼の衣服がほぼ脱がされていた。己が着ていた直衣の袍《ほう》を背中に敷くようにして、ゆっくりと仰向《あおむ》けに寝かされる。

呼吸が自由になり、胸を喘《あえ》がせて息を吸い込んだ。

若苗《わかなえ》色の袍《ほう》に広がる蒸栗色の髪を、覆いかぶさってきた雅宗がひと房摘んだ。

元服をすませていない敦頼の髪は、腰のあたりで切りそろえられている。童子でもないので鬟《みずら》に結うのもおかしく、余儀ない計らいだった。

「いつ見ても、美麗な髪だ。翡翠のごとき瞳もな」

「わたくしをご覧になって驚いたり、怖れたり、眉をひそめたりもなさらず、はじめからそう仰ってくださったのは、義兄君だけです」

「私以外は、見る目のない者ばかりか」

「義兄君がいささか、ご酔狂《すいきょう》なのでは?」

「酔狂で、けっこう。そなたを抱けるのならば、かまわぬ」

「あっ……あ、ん…」

開かされた脚の間に、彼の手が忍んできて男根《なんこん》を摑んだ。陰嚢《ふぐり》も揉まれ、敦頼がたまらず身をよじる。

年頃になっても、己を慰める気は起こらなかった。そちら方面は淡泊なのだと思っていたが、そうではない。想い人と肌を合わせたら、たちまち欲が疼《うず》いた。

弓なりに反った胸の尖《とが》りへも、舌を這わされる。

そこを丹念に両方とも舐め齧《かじ》られて、いちだんとはしたない声が漏れた。

「んあ…義兄、君……ああっ」

「少し間が空いたゆえ、以前この雪膚《せっぷ》につけた痕《あと》は、もう消えておるな」

また印《しるし》をつけねばと、どこかうれしげな声色が響く。

重みをかけぬよう組み敷かれ、愛咬《あいこう》をいくつも残された。やがて、弄《もてあそ》ばれつづけたささやかな楔《くさび》が硬くなり、達する先触れの恥ずかしい蜜《みつ》が溢《あふ》れ出す。

これを待ち構えていたように、彼が敦頼の股《また》へ顔を埋《うず》めた。

「あ、義兄君……それはっ」

「そなた、好きであろう」

「そ……っは、うぅ…」

「心ゆくまで乱れるがよい」

「ああっ…ぁん」

口の中で男根を玩弄《がんろう》されながら吸われて、狼狽《ろうばい》する。銜《くわ》えたまま話されるのも、快さを助長した。

同時に、後ろへも悪戯《いたずら》な手が伸び、敦頼が髪を振り乱す。

こぼれて伝い落ちる唾汁と染み出る恥蜜の潤いを借り、菊門をつつかれた。

「ゃん……も、だめ……んんぅ」

「気を遣りそうか？」

「っふ、う……ぁ…あ」

「敦頼。答えよ」

「……は、い。…ゆえに、お口を……お離しくださ…っ」

「よい。飲んでやろう」

「義兄君……あっ、や……あああ！」

「遠慮はいらぬ」

弱々しい抗《あらが》いも虚しく、敦頼は精を放った。宣言どおり、雅宗がその淫水《いんすい》を、のどを鳴らして飲み下す。

一滴も漏らすまいと搾り取られた上、棹《さお》を舌で舐め清められた。

この一連の流れで、もはや、かなり息を弾ませている。その敦頼を後目に、ようやく顔を上げた彼が舌で自らの唇を舐める所作は、とても色めいていた。

軽々《かるがる》しくは取らぬ烏帽子を取り、衣装を脱ぐ様さえも、艶《なま》めかしく映る。

ほどなく、裸になった逞《たくま》しい雅宗が、唾汁で湿らせた指で菊座に触れてきた。輪を描くように襞《ひだ》を撫でられ、腹の下あたりを波打たせる。

「あっ…んく」

「息を詰めてはならぬぞ」

「っん……はい」

「ずいぶんと上手になったな、敦頼」

「義兄、君……ぅく…んっん」

幾度も湿り気を足しながら、時をかけて窄《すぼ》まりをほぐされる。

菊の花弁を一枚ずつなぞるように、襞のひとつひとつが潤《ほと》びるまで、根気よく水気を塗り込められていく。

敦頼が些少でも痛がると、長い指は動きと進みを止めた。だが、ひとたび乱れずにはいられぬ弱い場を見つけた彼は、容赦ない。

どんなに泣いて制止を訴えても、くどいほど攻め抜いた。

「あふっ…んっ、んっ……やめ……ああっ」

「ここが、そなたの悦《よ》きところだ。快いであろう？」

「んぁん……よ、すぎ…て……おかし、く……なりま…ぁ」

「いくらでも、なればよい」

「な…あぅん……ん」

狂おしさに泣き濡れて取り乱すが、甘い苛《さいな》みはやまなかった。

いっそ勢いは増すばかりで、敦頼の嬌声《きょうせい》も途切れる暇《いとま》がない。

沈められた指が三本になる間、二回、気を遣った。雅宗と己の肌を汚し、惑乱は増すばかりだ。

中を掻き回しつつ、会陰を舌で舐《ねぶ》られて身悶《みもだ》える。

夢中で伸ばした手が彼の髪に触れた。引き剝《は》がそうとするも、力が入らず叶わない。菊門内を弄《いじ》る指に舌も加わり、周章《しゅうしょう》は深まった。

「や、あっ……んんん……あっあ、あ」

「よい塩梅《あんばい》に、ほどけてきたか」

「あ、はあっ…んうぅ……も、義兄君の、摩羅《まら》で……突いてくださ…ぃ」

「蕩《とろ》け切った顔をして、健気《けなげ》なことを」

「お願い、しま……あっあっ、ん」

「よかろう」

「んぁ…」

異物が一気に引き抜かれ、敦頼が呻《うめ》いた。時を置かず、左右の脚が大きく開かれて雅宗の両肩に担がれる。

息をつく間もなく、念願どおりになった。

「ふああっ！」

熱く太い肉棒が敦頼の細筒を貫き、奥へと押し入ってくる。あくまで急がず、ゆるゆるとである。痛みは、さほどなかった。

それよりも、もぐり込んでいる熱楔の、みっしりとした嵩《かさ》が凄《すさ》まじい。

想いが通じ、初めて抱かれた夜は、腹が破れそうと頭の隅で思ったほどだ。

よもや、己の菊筒が従順に撓《たわ》み、これを呑み込むとは驚いた。もちろん、彼の入念な用意があってこそだ。

「っく、は……んふ」

「敦頼」

上身をそろりと倒してきた雅宗が、眦《まなじり》に唇を落とす。

閉じていた瞼を開くと、気遣わしげな眼差しと目が合った。いつ、なんどきも、敦頼を思いやってくれる優しさに、慕わしさで胸が打ち震える。

肌を触れる際が最も、彼のまっすぐな想いが届いた。

ただの接触でなく、深々と身体を繋げるせいか、遮《さえぎ》ろうにも難しいのだ。愛しい相手ゆえに、敦頼のほうに心のゆとりが持てない推量も否めない。

雅宗の愛情がうれしい反面、近づく今生《こんじょう》の別れがせつなくなる。

せめて、この命が尽きるまでに、彼の役に立ちたかった。異母兄が憂える政についても、己の異能で、できうる限りのことをして逝《い》きたいと願う。

こうもよくしてもらった敦頼が彼にできる恩返しは、それくらいだ。

「苦しいのか?」

「……い、え…」

「無理をしてはおらぬな?」

「おりま…せぬ」

愛する人の両頬を手で包み、涙で霞《かす》む瞳で黒い双眸《そうぼう》を見上げた。

髻《もとどり》が微かに乱れ、髪が額に降りかかる姿も、端麗さを損なってはいない。どんな彼も、心に留《とど》めておきたいと思いながら言う。

「もっと、奥深くへ……参っていただき、たく…」

「そなたがよいと申すなら、そうしよう」

「は、い……あぁ、んぅん」

「私も、もう辛抱できぬようだ」

「っん…何卒《なにとぞ》、存分に……なさって、ください…ませ」

根元までおさめ切られた熱塊の鼓動は猛々しくも、雅宗は必ず『動く』と、あらかじめ告げてくれる。

抜き差しはさすがに激しいが、緩急があって泣かされどおしだ。

敦頼の悦いところを、寸分の狂いもなく突いてくるので、甘美に酔いしれる。

「あっ…あ……んん…義兄君…っ」

「敦頼」

「手、を……繋い…でっ」

「こうでよいか?」

「んっ…」

顔の両脇で指を絡めて手を縫い止められ、肯《がえん》じた。彼の腰の動きに間断がなくなる。

互いの腹で擦られ、またも芯《しん》を持っていた敦頼自身が果てた。

「ああ……あぁんあ…ぁ」

「顔つきもだが、そなたは声もあえかでよいな」

「あ、義兄君に……触れて、いただいていると……思うだけで……わたくしは…っ」

「…左様に殊勝なことを申すでない」

「ふぅ、ん…く」

困ったふうながらも、満足そうに述べた雅宗が一瞬、息を詰めた。

淫精を迸《ほとばし》らせるのだと察し、敦頼が握った手に爪を立てる。今、まさに腰を引こうとしていた彼へ、必死に希《こいねが》う。

「わたくしの内にて……お出し、いただけます…か」

「なれども」

「お願いで、ございます」

「………」

契るだけでも、疲れる敦頼だ。中に吐精されたら、その始末にも精力を奪われる。

初めてのときにそれを学んだ雅宗は以来、外で極めるよう努めている。心遣いはうれしいけれど、今後はそんなことは気にせず、心ゆくまで奔出《ほんしゅつ》させてほしい。

途切れがちにそう訴えると、彼が苦笑いでうなずいた。

「それが、そなたの望みなら」

「あふっ……あ、ん」

「覚悟はよいな」

「は…んうん……あ、あ、あ…ぁ」

最奥が大きく穿たれたあと、菊筒の深淵《しんえん》がしとどに濡らされた。夥《おびただ》しい量の淫精が浴びせかけられる。

弱い箇所めがけてゆえ、恍惚《こうこつ》となるほどの喜悦に気を失いかけた。

どうにか踏ん張り、かろうじて意識を保つ。注ぎ終えた雅宗がゆるりと杭を抜いてすぐ、まだ閉じ切れぬ菊門から淫精が溢れ返った。

恥じらいでなんとも言えぬ心地を味わうも、彼がくれたものだ。もったいないとの考えが働く。

そこへ力を込めようとしたとき、敦頼の脚が袍《ほう》の上に下ろされて唇を啄《ついば》まれ、問われた。

「身体は、大事《だいじ》ないか?」

「はい」

「そうか。もう少し、耐えておれ」

「え?　あ……あ、うっ…ぁん」

言うなり、まだたっぷりと淫精が残った菊壺に、雅宗が指を入れてきた。

ふたり分のそれで濡れた袍《ほう》の上に、自らが注いだものを素早く掻き出す。

「今は軽く拭うだけだが、あとで茂文にしっかりと清めてもらうがよい」

「んぅ…ふあ、う」

その後、彼は自らの衵《あこめ》を敦頼の裸体にかけた。自身も単《ひとえ》を身につけ、脇息を引き寄せて肘《ひじ》をかけ、敦頼を眺めるように枕元へ座る。

己のみ、しどけない有様でいるのを恥じ入るも、指一本、動かすのも億劫《おっくう》だった。

「…このような姿にて、面目ございませぬ」

「無理をさせたのは、私だ」

「義兄君は、わたくしの願いをお聞き入れくださったのです」

「どちらにせよ、私に気兼ねはいらぬ」

気にするなとつづけられて、いつものごとく甘えさせてもらった。睦《むつ》み合ったのち、こうして静かに過ごすのも、格別なひとときだ。

敦頼の蒸栗色の髪を梳《す》きながら、なにやら思い出したふうに雅宗が告げる。

「明日は出仕はないゆえ、本来であれば、そなたとおりたかったのだが」

「ご用が、おありなのですね」

「大田《おおた》殿に桜狩《さくらがり》に誘われておってな。出かけねばならぬ」

「どちらまで、参られるのです?」

「醍醐《だいご》だ」

京《きょう》でも有名な桜の名所を口にされた。時期からして、種類によっては満開を過ぎ、見事な桜吹雪《ふぶき》が見られるだろう。

舞い散る桜の中に佇《たたず》む雅宗を思い描くだけで、破顔する。

誘いを断って、自分といたいという想いもうれしかった。本当に残念そうな彼の手を取り、敦頼が少し嗄《か》れた声で言う。

「せっかくの桜狩なれど、義兄君」

「ん？」

「明日は、昼下がりより雨が多少強く降り、風も吹いてきますゆえ、お早めにお戻りになられたほうがよいかと存じます」

「ほう。毎年、この時季に恒例の春の嵐《あらし》か」

「左様でございます」

「ならば、花散らしの雨だな」

「そうなるかと」

「では、今年は見納めの桜を堪能《たんのう》して参ろう」

敦頼の言葉を、雅宗は笑い飛ばさずに聞く。幼い頃から、異能のことを知るゆえだ。

時折、叔父や茂文にもそれとなく注意を促したりはするが、力については知らせていない。

敦頼との誓いを守り、彼は叔父へも口を噤《つぐ》んでいてくれた。

雅宗には、これまで何回も予言《かねごと》をしてきた。そのたび、なんの疑いも持たず、当然のように受け入れる。

「そなたの言うとおりにいたそう」

「はい」

「早う戻って、またこちらへ参る」

「よいのですか?」

「私がそうしたいまでのこと。そなたこそ、よいか?」

「心より、お待ち申し上げております」

「うむ」

昔も今も、彼は敦頼の異能を一度たりとも訝らぬばかりか、利用しようともしない。

これが父ならば、こうはいくまい。父に限らず、権力者の多くは必ずや、私欲のために用いるだろう。

こういう雅宗の清々《すがすが》しさや無欲さも、信頼が揺らがぬ所以だ。

なにげなく微笑み合ったとき、襖障子が慎《つつ》ましくたたかれた。次いで、申し訳なさそうな茂文の声が届く。

「失礼いたします。よろしいでしょうか?」

「なんだ」

敦頼が答える前に、雅宗が鷹揚《おうよう》に応じた。襖障子を開けぬまま、茂文が潜《ひそ》めた声音でつづける。

「我が兄が、雅宗さまを捜しているようでございます」

「なんと！　もう用事をすませて帰って参ったか」

「はっ」

「わかった。早々に戻る。茂文、私の身仕舞《みじまい》をしてくれぬか」

「御意《ぎょい》」

茂文が入ってくる前に、雅宗は几帳《きちょう》で敦頼を隠してくれた。袙《あこめ》を返そうとするも、別のものが置いてあるからと制される。彼が忍んでくるようになってほどなく、替えの装束を置いていた。

茂文の手により、支度を整えた彼が、そばに片膝をついた。敦頼の頰を、名残惜《なごり》しそうに撫でて呟く。

「今宵は、ゆるりと身体を休めるがよい」

「仰せのとおりにいたします」

「また、明日」

「はい。お気をつけて、桜狩に参られませ。わたくしの分まで、楽しんでいらしてください」

己にとって、今年の桜が最期だと思う哀切を胸に見送る。

小さな笑みを残し、雅宗が立ち上がった。茂文に『敦頼を頼む』と言いつけ、彼は東の対へと戻っていった。

翌々日、出仕した雅宗は宜秋門《ぎしゅうもん》の近くで牛車《ぎっしゃ》を降りた。
快晴の空を見上げて、思いを昨晩へとめぐらせる。

昨日は敦頼の言葉に従い、早めに桜狩を終えて帰路に着いた。邸の手前で雨が降り出したが、さほど濡れずにすんだ。

約束どおり、西の対へ赴き、しばし恋人と過ごした。その間にも、野分《のわき》のごとく風雨は強まっていった。一晩中、敦頼についていてやりたくも、父が在邸では難しい。

敦頼のもとへは参らずとも、雅宗になにか用事を申しつけにくる恐《おそ》れがないと言い切れぬせいだった。

「後ろ髪を引かれるが…」

「東の対にお戻りください。父君に見つかり、義兄君にご迷惑をおかけするほうが、わたくしは心苦しゅうございます」

「ともにいてやれずに、すまぬ」

「そのお心だけで、満たされます。それに、わたくしのことなら、ご案じ召されずともようございますゆえ」

幼き頃より、このような日には、亡き母や側仕えの女房たちを励ましていたのでと、彼が目笑《もくしょう》する。

小さくても、弱い者を守ろうと粉骨砕身した男らしさが微笑ましかった。雅宗に心労をかけまいとの思いやりも、あるに違いない。敦頼の気遣いを斟酌《しんしゃく》し、うなずくに留めた。

「そうであったか」

「はい」

「それにしても、今日は、そなたのおかげにて助かった」

「お役に立てて光栄です」

控えめだが、うれしげな返事をもらい、彼の対をあとにした。

己の対に戻っても、雨と大風は止《や》む気配がなかった。平気と言われたものの、やはり、心にかかる。

敦頼はひとりで怯えてはいまいか、眠れているか。寝所にて、衾《ふすま》の中でそわついた。

漸《ようよ》う、うとうとし始めた折、空が白んできた。その頃には、嵐はおさまっていた。

外の様子を見ようと、起きて簀子《すのこ》に出たときだ。茂仲がやってくる前の隙を狙い、茂文が訪れ、敦頼からの文《ふみ》を受け取った。

そこには、自分は大丈夫だ。雅宗には、務めに励んできてほしい。返書はいらぬと記されてあった。

いかにも想い人らしい心遣いに、愛しさが込み上げてくる。

たおやかな容貌に似合わず、彼は女々しさがない。むしろ、潔かった。思い切りがよすぎて、こちらが危ぶむことも少なくなかった。

偶然、会った初対面の際が、まさにそうだ。

あれほど肝《きも》が冷えて、心に残る出会いは、いまだかつてない。

なんといっても、目前で木から真っ逆さまに人が落ちてきたのだ。

捜していた子猫を抱いた敦頼を、なんとか受け止めようとしたが、勢いがついていて、立ったまま抱き止めるのは無理と判じた。

下手をすれば、こちらも身が危ない。小さな身体が地面とぶつかるのをやわらげる下敷きになるので、せいいっぱいだった。

しかも、実を言うと、最初は彼を少女だと思っていた。

翡翠の瞳と、砂子《すなご》のごとき蒸栗色の髪は滅多になかったため驚いたものの、目が合った瞬間、その美しさに心を奪われた。

勘違いに気づいたのは、装束を間近に見て、名を聞いてからだ。

異母弟と知って、いっそう仰天した。母が異なる兄弟はほかに三人いたし、彼らと遊んだりして、仲はよかった。けれど、敦頼については未聞で、不審が募った。

本人に事情を訊き、信じ難い境遇に置かれているとわかり、父の思慮を疑った。

父当人と話し、なおさら、その思いは強まった。

元々、反りが合わぬ父親ながら、この件でいっそう不信感を持った。

叔父の雅親も雅宗と同じ考えの主ゆえ、心強かった。彼が敦頼の嗜みの指南役《しなんやく》を任されているのも、内々に教えてもらった。その所以も聞かされ、いちだんと不快になった。

それ以降、父と、側近の茂仲に見つからぬよう、真珠を連れて敦頼へ会いにいった。

茂仲の目を逃れて、または用事でいない間と、会える時は長くはなかった。そして、会いにいくと時折、彼は妙なことを口走った。

たとえば、夕方の天気とか、雅宗が失《な》くしたものがどこにあるとか、数日内に起こる出来事とかだ。

毎回、的中する指摘は、予言《かねごと》めいていた。そういう事例が何回かつづき、礼を述べるついでに不思議に思って訊ねた。

「そなたの申すことは、よう当たるな」

「……はい」

「なにやら、当てるこつでもあるのか？」

「いえ…」

戸惑いつつも、敦頼は言葉を選んで話してくれた。

母方の家系のせいと説明され、得心がいく。彼の母親が、神事を司る由緒正しい白川家の出なのは聞いていたためだ。口外しないでくれとも頼まれて、快諾した。

正直なところ、雅宗には通力など問題ではなかった。

言うに及ばず、他人の心が読めたり、行末が視える事実には舌を巻く。しかし、比類なき力を持つということは、その陰をも背負う宿命があるらしい。

聞いていくうちに、なんとも気の毒になった。

なにしろ、通力を使役しすぎると、揺り戻しで体調を崩すそうなのだ。それならば、使わぬほうがいい。

なによりも、見目が所以で父から忌み嫌われ、不当に扱われる事態が不憫《ふびん》でならない。

通力者ゆえに、人並み以上に父の心中がわかってしまうとあれば、なおさらだ。唯一の後《うし》ろ楯《だて》だった母親を亡くしたとあっては、いちだんと痛ましかった。

自《おの》ずと、ほかの異母兄弟たちよりも懇《ねんご》ろに、面倒をみるべく心がけた。

この庇護《ひご》欲が、いつの間にか恋情になっていた。否、初めて会った折に少女と見まがい、恋心にも似た淡い情を抱いたときに、その兆しはあったのだろう。

無邪気に慕ってこられて、悪い気がするはずもない。なれど、年を重ねるごとに秀麗さに磨きがかかる敦頼が眩しかった。

幽雅《ゆうが》な容姿に似合わぬ快闊《かいかつ》な面は愛らしくも、危うげな行いをする向きもあり、どちらにせよ、目が離せなかった。

ただ、母は違えど兄弟なのだからと、雅宗は己を必死に諌《いさ》めた。

彼を忘れようと女人のもとへと通うも、想いは一向に消えずに弱った。

敦頼への恋情が高じ、妻も娶る気になれず、十年以上も葛藤した。

片恋でもいいと思っていたが、未練を断ち切ろうと、あえて想いを告げた。困らせて申し訳なくも、拒まれたのちは、少しく隔《へだ》たりを置きつつも、兄らしく見守ると決めていた。

それゆえに、心が通い合ったのは僥倖《ぎょうこう》だ。人には申せぬ間柄とはいえ、誰よりも彼が大切だった。

恋仲になれた今、想い人をあらゆる面で護《まも》るにも、分別なく父に楯突くのは、益ある方策とは言い難い。

いつになれば、敦頼に息を潜めず、伸び伸びとした暮らしをさせてやれるのかと、雅宗が心中で嘆息する。

甚《はなは》だ、もどかしいものの、時機を待つしかなかった。

今日も、帰り次第、彼の顔を見にいこうと思って気を取り直し、邸を出た経緯だ。

雨上がりで道がぬかるんでいたので、内裏に着くのが少し遅くなってしまった。

これは雅宗に限ったことではなく、皆がそうだ。よって、次々と牛車がやってくる。道中、立往生している牛車もあるかもしれない。

昨晩にかけての嵐とは一転、今日は一日中、天気に恵まれるという。

敦頼のその弁を思い出しながら、中務省に歩を進めかけた刹那だ。

今をときめく、左大臣の四条経信と行き合わせた。あまり顔を合わせたくない人物ゆえに、胸の内で溜め息を漏らす。

四条卿《きょう》は帝の童友達とあり、年も帝と二歳違いの四十歳だ。父と違い、優男風《やさおとこ》で人がよさそうな面差しの中、目つきの鋭さはごまかせない。

我の強さも、父と張る。己を阻む者を、無慈悲に排除するやり方もだ。

帝が政を疎《おろそ》かにし、左大臣へ任せ切りなのをいいことに驕慢《きょうまん》に振る舞い、政事を恣《ほしいまま》にしている四条卿に、雅宗も思うところはある。

かといって、心情は面《おもて》にはいっさい出さず、挨拶のみでやりすごそうとした。ところが、相手がそうはさせてくれず、足止めされる。

「おお。これは、中務大輔」

「…左大臣におかれましては、ご機嫌麗しくいらせられますでしょうか」

「まずまずじゃな」

「左様でございますか」

「相も変わらず、すげなき素振りよの」

「生まれつきの性《さが》にて、申し訳ございませぬ。努力はいたしております」

「ますます励めよ」

「はっ」

心にもないことをまじめに言い、形ばかり一礼する。

位階と官職はともかく、家格はなんら見劣りしない雅宗だ。

父方の祖父は現在、太政大臣、亡き曾祖父は左大臣、かつては、臣下の最高位たる関白《かんぱく》を輩出した壬生家は、何代にもわたって政事の中心にかかわっていた。

対して、四条家は政の中枢へは、つい先頃から入り込んできた、いわば新参だ。

そのような相手に、雅宗も礼を欠かぬ程度しか、謙《へりくだ》りはしない。そこも、小賢《こざか》しいと思われているだろう事由だ。

雅宗とて、四条卿の人柄が優れていれば、相応の対応をする。

口惜しいが、今の左大臣に人徳はないと言い切れた。

「そうそう。よいところで会うた。中務大輔に、訊ねたき議があっての」

「いかなる、ご用でございますか」

「そちは、ずいぶんな気負いで務めに勤しんでおるそうじゃな」

「それが私の務めにて。そのことが、なにか？」

「なあに。感心と思うたまで」

「恐れ入ります」

実は、感服されていないと知りながら、素知らぬふりで会釈した。おそらく、歯嚙みしたいに違いない。

なんといっても、四条卿は帝と繫がりが深い中務省の衰退を図る張本人である。

それにより、自らの権勢を確固たるものにしようと目論《もくろ》んでいるようで、雅宗を筆頭に中務省の者が才覚を発揮した務めを果たすのが邪魔なのだ。ただでさえ、中務省の管轄下には陰陽寮があり、暦づくりと卜占が好きな帝が頻《しき》りに出入りする。

専《もっぱ》ら、帝のことのみを占う蔵人所《くろうどどころ》陰陽師という官職もあって、帝は左大臣と同等に、この者も頼りにしていた。

さしもの四条卿も、帝の不興を買うとわかっていて、思い切った手は打てないとみえる。

当今《とうこん》、朝廷内における堅い土台を築いている最中の四条家だ。

帝による寵遇を失えば、左大臣の地位さえどうなるかわからなかった。だからこそ、様々な仕様で自身に権力を集めようと謀《はかりごと》をめぐらせるのだ。

思惑どおりにはさせぬと内心で考える雅宗へ、四条卿がさらに言う。

「わしも、そちのような文武に秀でた息子が欲しかったのう」

「とんでもない」

「なんなら、娘のひとりをくれてやってもよいぞ。さすれば、我らは親子になれる。よき案じゃろう」

　皮肉を込めつつも、どこか本音まじりに聞こえた。

　当然ながら、当人同士の意思など取り合わぬ、政略結婚である。

　たしかに、壬生家の嫡男の雅宗を婿《むこ》に迎えれば、目の上の瘤《こぶ》たる壬生一族を取り込んだも同然だ。壬生一門の人脈をも駆使できる。

　四条家は労せずして、欲しかった盤石《ばんじゃく》な基盤をつくることになる。

　無論、そんな手に乗るつもりはないので、如才なく躱《かわ》す。

「もったいなき仰せです」

「謙遜《けんそん》せずともよい。北の方は迎えておらぬはずじゃな？」

「さきほども申し上げましたが、まだまだ若輩ゆえ、結婚はさらなる精進をしてからと考えております」

「うまく逃げおったな。まあ、よいわ」

　一応は恐縮してみせた雅宗に、四条卿は食えぬやつめといった目つきで吐き捨てた。去り際、四条卿から衣冠の袖を檜扇《ひおうぎ》で軽く打たれる。

「中務大輔」

「なんでございましょう」

「なにごとも、ほどほどにな」

「お気遣い、ありがたく存じます」

「強《したた》か者が」

脅しのつもりか、睨みもついてきた。とりわけ、怖くもなかったが、帝の威光をかさに着ての傲岸不遜《ごうがんふそん》な振る舞いに、ひそめかけた眉を根性で常どおりに保つ。

遠ざかっていく左大臣の背中を眺めて、雅宗は肩の力を抜いた。

父もそうだが、身分や官職が高くなるほど、尊敬できる人がいない。宮中は風雅な世界に見えて、足の引っ張り合いが平素からある。

ひと皮剝《む》けば皆、欲の塊で、簡単には気を抜けなかった。

笑顔で話していながらも、腹の中でこちらの失脚を願うなど、ざらだ。悪くすれば、すでに呪詛《じゅそ》されていてもおかしくない鬼殿《おにどの》といえた。

雅宗のように、際立った勢家《せいか》の人間は、嫉妬《しっと》の的《まと》となりやすい。

仕方ないものの、胸の内を明かせる友人は悲しいかな、まだいなかった。

己が警戒しすぎな面も、なきにしもあらずだ。

親しくつきあえば、誰かいるのだろうが、今は壬生家と四条家の権力争いの只中のせいか、貴族たちは日和見《ひよりみ》の者ばかりだった。

彼らの真意がどこにあるか、常以上にわからず、悩ましい。

例外は、内大臣を務める叔父くらいだ。雅親だけが、この国の行き先を含め、敦頼のことも本音で語り合える。

政をなおざりにする帝にも小さく溜め息をついた刹那、また声がかかった。

「ほう。そこにおるのは、中務大輔ではないか」

「………」

「久々に会うたな」

後ろから回り込むようにしてきたのは、左大臣の嫡男の権中納言《ごんのちゆうなごん》・四条良房《よしふさ》だった。

父親の次は息子かと、げんなりした。本人へは聞こえぬよう、今日は厄日に相違ないと口中で独りごちる。

良房は雅宗より一歳年下の二十二歳だ。四条卿とはよく似た父子で、姿形だけは雅《みやび》な華美好きの男である。

今日とて、薄色の袍《ほう》に二藍の衵《あこめ》を着け、紫浮織に白の竜胆《りゆうたん》唐草が織り込まれた指貫といった目に眩しいほどの装いだ。

父の左大臣よりも、煌《きら》びやかな衣装と文様かもしれない。

家同士の諍《いさか》いとはかかわりなく、雅宗は良房を好ましく思っていなかった。

短気で傍若無人なひととなりの上、務めをいっさい果たさぬからだ。権中納言の官職は、まさに名ばかりといえる。

まして、彼の徒事好《あだごとず》きは異様にすぎた。戯言《ざれごと》ではなく、都中《みやこじゅう》の人と余さず通じる気かという始末なのだ。

これまでも、数々の人々と徒名《あだな》を流している。ただし、よい評判は一度たりとも、聞いたためしがなかった。

嫌がる人妻を、無理やり犯した。いっぺん通《かよ》ったのち、飽きて捨てた。美貌の姫がいると聞きつければ、父の四条卿と同じく権威を楯に、ほかの求婚者を押しのけて我がものにするといった具合だ。

また、正室や側室、子らがいるにもかかわらず、自らの邸へ、身分・男女を問わずに見知らぬ人間を招き、たびたび酒宴を催しているらしい。

加えて、その席で気に入った者がいれば交わる、爛《ただ》れた生活ぶりだそうだ。

父親に注意されると、『御上の暦づくりに役立つような、力のある巫女や覡を探しているのです』と開き直るとか。

なんとも空々《そらぞら》しい言い逃れだが、本当に幾人か、帝に拝謁させたことがあると聞いて、耳を疑った。

帝に取り入る口実といえども、それを許す帝にも、父親の左大臣にも呆《あき》れ果てて言葉がなかった。

そんな男とは話すのも煩わしくて無言でいると、良房が言う。

「奥手の中務大輔殿は、いい年をして、いまだ妻も娶っておらぬのか」

「………」

「まさか、その年で房事を知らぬとは申すまいな?」

親子そろって、皮肉を投げかけてくる。雅宗が年上だろうが、今の自分のほうが身分が高い。四条家自体も飛ぶ鳥を落とす勢いと思ってか、いつ会っても尊大な応対だ。

親が親なら子も子だと、胸中にて、しみじみ見下げる。

しかし、雅宗の眼差しを、女人と枕を交わしたことがあると読み取ったとみえる。今度は、どんな女だとしつこく訊いてこられ、辟易《へきえき》した。

相手をする気も失《う》せ、意に介さず歩き出しかけた雅宗の肩へ、馴《な》れ馴《な》れしくも片腕が回ってきた。

憚《はばか》りなく不快げな面持ちを浮かべるも、良房はかまわずにつづける。

「よければ、今宵、我が邸で催す宴に招いてやろうか?」

「…折悪しく、先約がありますゆえ」

返答を余儀なくされ、渋々、口を開いた。別段、なにもないが、断るための方便だ。

父親に比べて、かなり浅はかな息子は、その言い分を真に受けたようだ。薄ら笑いを湛えて、哀れみを込めた目を雅宗に向けた。

「つくづく、間の悪き男よの」

「左様ですか」

「おお。そうじゃ。せっかく会うたゆえ、よきことを教えてやろうか。初心《うぶ》な中務大輔は知らぬであろうからな。徒事をするなら、女人もよいが、男同士もなかなかなるぞ」

「…左様ですか」

「当然、こちらが犯すほうだ。締めつけがきつくて、この上なき快さを得られる。病みつきになる者もおると聞くぞ」

「……左様ですか」

「中務大輔も、試みてはどうじゃ」

「………」

なんでも自らが一番との思い込みの強さには、閉口した。話の卑《いや》しさにもだ。

やり込めるのは易《やす》いけれど、後々、面倒になるのは困る。

どうやって話を終わらせるか考える雅宗へ、なにを思ったのか、良房が興味津々《しんしん》で食いついた。

「それとも、あれか。もしや、もうどこぞに、絶世の美女でも隠しておるのではあるまいな?」

「おりませぬ」

「では、美男か」

「いいえ」

「まことかどうか、怪しきものじゃな」

「権中納言」

「偽りなく、白状せよ。こっそり、どこへ通うておる？」

「それゆえ…」

くどいほど食い下がられて、鬱陶《うっとう》しかった。いい加減、雅宗が言い返そうとした矢先、耳慣れた声が割って入ってくる。

「左右の大臣の嫡男がそろうて、政の話でもしておるのか？」

「！」

「内大臣」

颯爽《さっそう》と現れたのは、雅親だった。三十三歳の叔父は男盛りで、雄々しくも風格ある貴《とうと》い容貌だ。

衣冠姿も美々しく、藻勝見《もかつみ》の織り込まれた蘇芳《すおう》の袍《ほう》に、紫緯白《むらさきぬきしろ》に白の雲立涌の織り込まれた指貫との色目も華やかで風流の一言に尽きた。

良房のきらきらしさとは異なる、真《しん》の貴《あて》やかさである。

心の内で安堵しながらも、雅宗は平坦な声で答える。

「いえ。言う甲斐なき話でございます」

良房へ向けた、雅宗なりのあてこすりだ。良房にも伝わったとみえて、憎々しげな目つきをされた。

睨《ね》めつけるという所作をも父子同じで、なんとも言いようがない。

軽蔑《けいべつ》の眼差しになるのを、なんとか抑えた。思考が顔に出にくい無愛想な性質でよかったと思っている雅宗をよそに、雅親が爽《さわ》やかに訊ねる。

「それはそれで関心が湧《わ》くな。なにを話しておったのだ?」

「い、いや。内大臣。中務大輔が申すとおりです」

「うん?」

「その……内大臣の、お耳に入れるほどではないと存じます」

「左様か」

「はっ。あ、あの、申し訳ございませぬ。用事があるのを思い出しました。では、私はこれにて失礼いたします」

「うむ」

落ち着きのない様《さま》で、取ってつけたような理《ことわり》を口にのせた。

さすがの良房も、自身より十歳以上も年が上、かつ位階も官職も上位の雅親が相手だと、おとなしくならざるをえなかったようだ。

どこか、気まずげにも見える。雅親への挨拶もそこそこに、雅宗から腕を離して足早に立ち去った。

彼の後ろ姿が小さくなる。そこでようやく、雅宗は気が置けない仲の叔父へ向き直って、礼を述べた。

「助かりました。内大臣。感謝の言葉もございませぬ」

「誰の目もないのだ。味気ない話し方でなくてもよかろう。雅宗」

「はい。叔父君」

優しく窘められ、微笑しながら、いつもの口ぶりに戻す。

あらためて謝意を告げると、雅親も一笑した。

「気にせずともよい。されども、災難であったな」

「よもや、親子で絡んでこられるとは、思いもよりませんでした」

「左大臣にも言いがかられたか。ますますもって、難儀な」

「私が、よほどお気に召さぬようです」

「なあに。わたしとて、似たようなものだ。顔を合わせるたび、渋口をたたかれておる」

「叔父君もですか」

「まあ、あのふたりの申すことは聞き流すに限る。殊に、そなたに関しては、あの放蕩《ほうとう》息子との違いが傍から見ても明らかゆえ、当たりがきつくなるのであろう」

「迷惑な腹いせですな」

「まったくだ。父のようにはならぬと誓い、高潔に育った実例がここにおるものを」

「私は、左様な…」

いきなり褒められて、気恥ずかしくなった。率直な褒め言葉に困惑しつつ、雅宗が雅親を横目に応じる。

千載一遇の時と捉《とら》え、こちらも真顔で述べる。

「もし、私が斯様《かよう》な大人になれたとすれば、身近に叔父君という素晴らしき手本があったからにほかなりませぬ」

「泣かせることを申しおって」

「事実にて」

「ならば、わたしも今後とも、精神の鍛錬は怠れぬな。未来の大臣を支えるためにも」

「逆ではございませぬか？　叔父君が先に…」

「いやいや。わたしは天皇家と壬生家、そのほかの貴族の間を取り持つくらいの役割で、ちょうどよいのだ」

「叔父君」

雅親の寡欲さと器量の大きさに、敬愛の念をあらたにする。

権力の間近にいて、こうも恬淡《てんたん》といられる者はまずいない。

四条親子のみならず、誰とも器用につきあえるところも、まだ敵《かな》わなかった。近い将来、必ずや叔父に追いつくべく、雅宗は気を引き締める。

並んで歩み始めてすぐ、雅親が小声で訊ねてくる。

「敦頼は達者にしておるか？」

「はい。昨晩の嵐にも、私よりよほど毅然《きぜん》としておりました」

「さすがだ。見目によらず、あれは気丈だからの」

「仰るとおりです」

「正月以来、会うておらぬからな。近々、参ると伝えておいてくれ」

「きっと、よろこぶかと存じます」

「わたしも楽しみにしておると、伝言を頼む」

「承りました」

叔父は敦頼の嗜みの指南を、二年前に辞めていた。ひととおり身についたため、もうよしと父が命じたのだ。

父親がわりと称する雅親へ、近頃の様子を話して聞かせる。

信頼を寄せる彼にも、通力の件も併《あわ》せ、敦頼との仲は告げていなかった。

敦頼の意向もあり、機を見て、いつかはと思っている。

その後、話が務めについて移ったのをきっかけに、雅宗は近辺を窺ったあと、声を低めて口を開いた。

「御上は、今日も陰陽寮においでになるのでしょうか?」

問われた叔父が苦笑を漏らし、おそらくとうなずいた。彼も、あたりを憚った呟くような声色で返してくる。

「暦づくりも大切な務めだが、あれほどに専心なさるのは困ったものだ」

「ご心中、お察しします」

「卜占にお頼りになりすぎるのも、目に余るがな」

「……まことに」

嘆息ぎみにつけ加えた雅親に、雅宗も同意した。

現状は、左大臣と蔵人所陰陽師の意のままの政が、まかりとおっている有様だ。

正しい為政がなされているとは、断じて言えない。だが、帝は以前、心ある臣下の奏上《そうじょう》も聞き入れず、左大臣の勧めどおりに、その臣下へ蟄居《ちっきょ》を申しつけた。

それ以来、進んで帝を諫める者はいなくなった。この在り方に問題ありと疑念を抱くも、手をこまねくしかない状態だ。

誰しも、我が身が可愛いのは当然だろう。雅宗とて己が情けなくも、壬生一族のひとりである以上、自らの責めのみではすまぬゆえ、どうしようもなかった。

「先帝にご相談いたすにも、さすがに勇気がいる」

「ご尤もです」

「ほかに、よき案があればよいのだがな」

「難儀な仕儀でございますね」

「左様。悩みは尽きぬ」

「叔父君」

「果たして、どうすればよいのか」

「歴代の帝が拝読されるという書物、『貞観政要《じょうがんせいよう》』には、《君主《くんしゅ》たるもの、かくあってはならぬ》とありますものを…」

かぶりを振って嘆いた雅宗が、心密かに思う。

卜占好きな帝が敦頼の通力について知ったならば、大変なことになりそうだ。

叔父に知られる分には、なんの懸念もない。けれど、彼を除く人は漏れなく、敦頼を利用しようと考えるに違いなかった。父など、その筆頭だ。

絶対に隠しとおさねばと考えつつ、雅親と別れる。

この数日後、雅宗は出仕が休みで邸にいた。父が内裏に出かけたのち、茂仲へは母の機嫌伺いに行くと言って、東の対をあとにした。

とりあえず、母親が住まう北の対へも本当に顔を出し、敦頼のもとに赴いた。

茂文に導かれていった先で、彼の膝の上に丸まっている真珠を見つける。十歳をいくつか過ぎても、真珠はきれいな真っ白い毛並みのままだ。

「先を越されたか」

「義兄君。真珠も、ついさきほど参ったのです」

「左様か」

「どうぞ、入らせられませ」

「うむ」

本来の持ち主より、なぜか敦頼に懐いている真珠だ。

雅宗が退かそうとするも、頑《がん》として動こうとしない。しまいには、唸《うな》って鋭い爪でかすられそうになった。

「真珠、ならぬ！　…義兄君、お怪我はありませぬか？」

「大事《だいじ》ない」

「ようございました」

「よもや、そなたを四足《よつあし》と奪い合う日が来ようとはな。しかも、そやつも男だ」

「お戯《たわむ》れを」

「真実なるぞ。私よりも、そなたに馴れておるのが小賢しい」

「ひとえに、わたくしとは、ともにいる時が長いゆえ、心安《こころやす》いのでございましょう」

忍び笑いをする恋人と、猫と、静かで穏やかな時を過ごす。

やがて、楽しい時は瞬く間に終わり、夕餉《ゆうげ》が迫ってきた。茂仲の様子を茂文が知らせにきて、雅宗が渋りながらも暇《いとま》を告げる。

「行かねばならぬようだ」

「またの訪いを、お待ち申し上げております」

「今度は、邪魔者がおらぬ隙を狙って参ろう」

「真珠と張り合う義兄君は、お可愛らしいですね」

「そなたより可愛い生き物は、この世におらぬ」

「……左様にまじめな顔で仰られると、恥ずかしゅうございます」

「事実ゆえ、仕方あるまい」

「義兄君…」

耳を紅葉《もみじ》のように愛らしく赤く染めた敦頼の唇を吸い、暮方《くれがた》前に西の対を出た。居残る気ままな真珠が心底、羨ましい。

一方で、なにかもの言いたげな気配を、そこはかとなく察した。

じっと彼を見つめるも、結局、微笑んで送り出される。己の気のせいかと思い直し、雅宗は東の対に戻った。

そうして、夕餉を食し、湯浴《ゆあ》みもすませた宵の刻だった。

帝からの勅使《ちよくし》が邸に参ったと、茂仲が硬い顔つきで上申《じようしん》する。

勅使とは、帝が下した命令である勅旨《ちよくし》を伝えるために遣わされる使者だ。その勅使が訪れたあと、父が再び内裏に召し出され、慌ただしく出かけていったという。

「このような刻限に、勅使か…」

「ただならぬ気色でございました」

「左様であろうな」

「雅宗さまには、大殿《おおとの》さまより、帰りを待つようにとの伝言をあずかっております」

「うむ」

「お召し物を、ご用意いたしましょうか?」

「頼む」

「なにをお召しになられますか」

「衣冠を……いや。直衣にいたそう」

「はっ。直ちに、お持ちいたします」

必ずしも、雅宗も内裏へ参ることになるとは、限らない。

万が一、参内しなくてはならなくなっても、帝の許可たる勅許を得ているゆえ、直衣で駆けつけられる。

早速、茂仲に着せつけられている間、黙念した。

帝の右腕たる左大臣でなく、右大臣の父が召呼された意味が解《げ》せない。常であれば、位階の序列でも、帝は四条卿を真っ先に召し寄せるはずだ。

いったい、どういうことかわからず、釈然としなかった。

なんにしろ、只事《ただごと》ではあるまい。もしかして、帝になにかあったのだろうかと、最悪の事態も頭をよぎった。

命じられるまでもなく、床《とこ》に就く心境ではなくなった。

まんじりともせずに、どのくらい待った頃か。夜もすっかり更けた折、父が邸に戻ってきた。やや間を置いて、母屋《もや》へと呼び出される。

対面した父は、まだ衣冠姿でいた。いつになく、高潮してもいる。

雅宗が事情を訊ねるに先んじて、潜めてはいるが、どこか上機嫌な声音で言う。

「そなたの耳にも、直《じき》に入ることゆえ申す」

「はっ」

「なれど、まだしばらくは、口外せぬようにとの御上の仰せである」

「御意」

背筋を伸ばし、しかと肯んじた。そんな雅宗を満足そうに眺め、身を乗り出してきた父がつづける。

「今宵、権中納言・四条良房が、明子《めいし》内親王さまの御寝所《ごしんじょ》に押し入った」

「!?」

告げられた事《こと》の重大さに、さしもの雅宗も愕然《がくぜん》となった。

明子内親王は、帝と麗子皇后の間に誕生なさった、第一子の皇女だ。

結局は選ばれなかったものの、昨年には斎王《さいおう》候補にもなられた。今年で十五歳におなりの、尊い姫宮である。

母宮の美しさを受け継いだと評判で、公達らでも憧《あこが》れる者が多い。

両親を皇族に持つ最初の御子とあり、帝の可愛がりようも、ほかの皇子や皇女方《がた》より眩しいらしかった。

まさしく、決して手の届かぬ高貴な姫君だ。

しかも、同様に先帝の孫で、今上帝の甥《おい》にあたられる十四歳の信尋《のぶひろ》親王との婚姻話が調いつつあると聞く。

早ければ、来春にも結婚の儀を執り行うべく、双方が着々と支度を進めているとか。

そういうお方だと、権中納言も知っていたはずだ。にもかかわらず、よりにもよって、寝所へ力ずくで押し込むなど、狂気の沙汰《さた》としか思えない。

さぞ、恐ろしかったろうと明子内親王の心情を慮る雅宗に、父が推し量る。

「おそらくは、誰か手引きした女房がいたのであろうな」

「それでは、内親王さまは…」

「案ずるな。幸いにも、内親王さまづきの別なる古参の女房がこれを見咎《みとが》め、大事《だいじ》には至らずにすんだ」

「左様でございましたか」

無事だったと判明し、心から安堵する。権中納言に手を貸した女房も今、急ぎ詮議《せんぎ》しており、定まり次第、断罪されるそうだ。

「さりとて、此度《こたび》の一大事《いちだいじ》は、御上の逆鱗《げきりん》に触れられた。上皇《じょうこう》さまも然《しか》り」

「尤もにございましょう」

溺愛する姫御子を穢《けが》されそうになったのだ。激怒も当たり前といえる。また、ふたりともが皇孫であらせられるとあり、上皇の怒りもわかる。

臣下の分際で、天皇家を冒瀆《ぼうとく》したと受け取られる所業だった。

「よって、権中納言は冠位剝奪《かんいはくだつ》の上、隠岐《おき》へ配流《はいる》の裁きとなった。加えて、その父親たる左大臣も、都からの追放を命じられた」

「…左大臣もですか」

「当然であろう。ただし、家人は都に残るか否か、選べるがの」

「それは…」

「誰も、ついて参らぬであろうがな」

「……はい」

良房はまだしも、四条卿へ処された厳罰に一瞬、目を瞠ったが、相応な措置とも思う。とはいえ、彼らの妻子は気の毒だ。

都に残るにせよ、今までのような豊かな暮らしは望めまい。

しかし、こればかりは、どうにもならなかった。

そもそも、良房の徒名は有名だった。内心で、『あの男なら、やりかねぬ』と呟く雅宗に、父が揚々《ようよう》と述べる。

「そこでじゃ。今般《こんぱん》の仕儀で、わしが左大臣の官職を賜ることに決まった」

「！」

ついに、父が堪え切れぬように嬉々《きき》とした面持ちになる。なるほどと、合点がいった。

さきほどからの昂揚ぶりの謎《なぞ》が解けた。四条家の没落《ぼつらく》は免れぬ事態の上、自身の昇進が所以なわけだ。

脇息に右腕を置いて寛《くつろ》いだ格好になり、父が右手に持った檜扇で左手を愉快そうに打ちながら語る。

「いやはや。どのように彼奴《あやつ》を追い落としてやろうかと思うていたが、息子もろとも自滅しおったわ。のう？」

「……父君」

「しかも、斯様な浅ましき体たらくとは。親子そろうて世間の笑いものになるのが、楽しみでならぬわ」

「……」

「それにいたしても、手間が省けてよかったの」

人の不覚で得た幸運なのに高笑いする父に、不快さを覚えた。

やはり、どうにも相容《あいい》れない。だが、真意を口や面に出すのは賢明ではない。寄りかける眉間《みけん》に気をつけて、雅宗はなんとか頭を下げた。

「…左大臣へのご昇進、おめでとう存じます」

「うむ。おお、そうじゃ。そなたに限っては懸念せずともよかろうが、心しておくように。よいな」

「心得ております」

「わしに恥をかかせるでないぞ」

「はい」

良房のごとく愚かな真似《まね》はするなと、すかさず苦言を呈された。

諸々《もろもろ》、言い置いたのち、父が立ち上がる。取り急ぎ、知らせに参っただけで、まだ用があると告げて再度、内裏に取って返した。

四条親子の処分や、彼らの後役《あとやく》の人選《ひとえ》りなど、たしかにすべきことはある。

それにしても、唐突な不慮の出来事に、心惑《こころまど》った。勇み立つ父も、思いやられる。

肩で大きく息をついた雅宗へ、茂仲が『お休みになられますか?』と控えめに声をかけてきた。

「……そうだな」

「では、お召し替えを」

「ああ」

直衣を脱ぎ、寝るときに着る白い単《ひとえ》を身につけた。休むふりをして茂仲を下がらせ、しばし経ってから衾《ふすま》を抜け出す。

単《ひとえ》の上に袙《あこめ》を羽織り、そっと己の対を出た。

月明かりを頼りに、敦頼のもとへ行く。眠っているようなら引き返そうと考えながら、妻戸をほとほととたたいた。

さほど待たず、内側の掛金《かけがね》が外される音がする。

驚く雅宗をよそに、敦頼自らが室内へと迎え入れてくれた。遅い刻限のため、茂文はとうにいないのだろう。

彼も、寝衣姿だった。ふたりで御帳台《みちようだい》の中に敷かれた畳の上の茵《しとね》に座し、細い肩を抱き寄せる。

敦頼が身を委ねてきたところで、雅宗が訊ねた。

「寝ていなかったのか?」

「義兄君がおいでになられると、思いかいておりましたゆえ」

「やはり、わかっておったか」

少し困ったふうに顎《あご》を引いた彼の髪を、苦笑いで撫でた。

暮方の別れ際、なにやら言いたげな眼差しでいたのは、このせいだったのだ。握り合った手に微かな力を込めて、敦頼が早々に言う。

「内裏にて、なにかあったのでございましょう」

「まさしく」

神妙にうなずき、包み隠さず、父の話を伝えた。

抱かれた胸の中で仔細を聞き終えた彼が、確かな口調で述べる。

「それでは、義兄君の周りも、さぞ、お騒がしくなりますね」

「左様か？」

「ええ。…詳しくお知りになりたいのでしたら、『遠予見』をいたします」

「いや。せずともよい」

「なれど」

「どうせ、そのときが参れば、わかることだ。そなたの身を壊させてまで、先に知ろうとは思わぬ」

「……義兄君」

敦頼が意識して通力を揮うのを、雅宗はよしとしない。力を使えば、具合が悪くなると承知だし、自分のためなら、なおさらだ。

そのような通力がなくても、彼の存在だけで癒《いや》される。

今夜、ここに参ったのも、想い人の顔を見て落ち着きたかったからだ。

有り体にそう告げたら、笑みが返ってきた。だが、すぐさま柳眉《りゅうび》を寄せて、敦頼がどこか不安げな風情を漂わせる。

「どうした？」

「義兄君は今後、これまでよりも、お忙しくおなりになられるかと存じます」

「こら。通力は揮うなと…」

「ご案じ召されずとも、ほんの数日先しか『視て』おりませぬ」

「まことであろうな？　身体はなんともないか？」

「はい。ただ……こちらへの訪いが、遠のきますね」

「敦頼」

「そのことが、気にかかって」

会えずに寂しいとほのめかす彼を、雅宗は強く抱きしめ直した。

半ば、膝の上へ横抱きにする形で額同士をつけ、吸い込まれそうな翡翠の瞳を覗き込んで囁く。

「そなたの申すとおりになるにせよ、私の想いは変わらぬ」

「義兄君」

「たとえ、どれほど忙《せわ》しくなろうと、三日に一度は、こうしてそなたのもとへ参ると誓う。それならば、寂しゅうはあるまい？」

「いいえ」

「では、一日置きでどうだ」

「違います」

「ん？」

「わたくしが、詮《せん》無《な》きわがままを申したまでのことです。どうぞ、お忘れになってくださいませ。申し訳ござい……っんう」

詫びの言葉を途中で遮り、雅宗が敦頼の唇を塞《ふさ》いだ。

双眸を見開いた華奢な肢体を、ゆっくりと組み敷く。衾《ふすま》の上に広がった長い髪を愛でる傍ら、誰よりも愛しい恋人と目を合わせて、わずかに顔を離した。

「滅多にわがままを申さぬ、そなたゆえ、叶えてやりたい」

「…なれど」

「私が、そなたに会いたいのだ」

「義兄君…」

「そういうことにしておくがよい」

「斯様にお優しくされますと、もっと思い上がってしまいそうです」

「願ってもない」

困り顔になってそう告げた彼の鼻先に、笑ってくちづけた。

雅宗に抱いてほしいというのが思い上がりと聞いては、愛らしくてたまらない。

いつ、父が戻ってくるかわからぬ状況とあって、少々、慌ただしい睦み合いになったが、互いに心は凪《な》いだ。

翌日、出仕した雅宗は、内裏がすでに姦《かしま》しい状態に陥っていて溜め息をついた。

左大臣の失脚では、口を噤めと言われても難しかろう。まして、良房が行った仕業《しわざ》が仕業である。

こういう風聞は人々の興味をそそるため、広まりやすかった。

案の定、二日と経たず、皆が知るところとなっていた。そういった中、新左大臣に昇進後、父は間もなく雅宗を大納言に取り立てた。

突然すぎる出世は、雅宗に留まらない。内大臣だった叔父も、右大臣に昇った。

ほかにも、四条派と思《おぼ》しき貴族らは、すべて排除されてしまった。かわりに、自身の取り巻きたちを引き立てていく。

四条と近しいわけでもない有能な者までも、一掃する徹底ぶりだ。そのやり方に、雅宗は反感を持った。

先の左大臣と同様、政を意のままにし始めた父が、情けなくなる。

一気に風向きが変わり、雅宗へ媚《こ》びてくる貴族も少なくなかった。

「雅宗殿。大納言への加階《かかい》、謹《つつし》んでお祝い申し上げます」

「前々より、貴殿には中務大輔は役不足と思うておりました」

「左様。いずれは、父君の跡を継がれる器にて」

「祖父君も太政大臣であらせられるばかりか、関白もお出になられた由緒ある家格ゆえな」

「末頼《すえたの》もしき、お人に変わりなし」

「斯様な嫡男がいる壬生家は、安泰《あんたい》でございますな」

「これから、ときめくのは、壬生家で決まりじゃ」

雅宗にでなく、権威へ群がってくる彼らに閉口する。自分はいいから、父にのみ追従しておいてくれと胸中でぼやいた。

大納言の官職を辞退したくとも、帝の勅命がある以上、できない。

要《かなめ》の帝さえ、しっかりなさってくだされればと思うが、この事態も人任せだ。

叔父も、栄達ながらも、かなり当惑していた。

「なんとも、あからさまな…」

「ええ。これでは、四条卿と同類です」

「兄君は、驕《おご》っておられる。悪しき事柄が起こらねばよいが」

「私も、同じ考えでおります」

「かと申して、諫言を聞かれるお方でもないゆえな」

溜め息まじりに、そう気を回していた雅親と話せたのも、わずかな時しかなかった。

とにかく、やることがたくさんあった。

次なる中務大輔に役目を引き継ぐ合間を縫い、新しい任務を覚える。申し送りなど不要と言われたものの、雅宗の性分上、そんなことは論外だ。

この間に、諂《へつら》ってくる貴族の相手もしなくてはならず、毎日が本当に目の回るような忙しさだった。

まさに、恋人の予言《かねごと》どおりになった。その敦頼は、律儀に三日置きに通っていく自分を、手厚く気遣ってくれる。

昨夜も、彼は憂い顔で告げてきた。

「とてもお疲れのご様子と、お見受けいたします」

「疲れておらぬわけではないが、取るに足りぬ」

「やはり、こちらに参るお約束は、もう…」

「逆だ。私はそなたの顔を見て、元気をもろうておる」

「義兄君」

敦頼の膝を枕にしながら、片手を伸べて白い頰に触れた。雅宗の手に、敦頼が自らの手を重ねてくる。

肌を合わせなくても、そばにいるだけで心が休まった。

神事を司る家系の彼ゆえ、巫女や覡らしく清浄《しょうじょう》な気を持つのかもしれない。その清らかなる気配と存在に慰められる。

「そなたがいるおかげで、なにごとをも凌《しの》げる」

「…わたくしもでございます」

殊勝な口ぶりで答えた敦頼のためにも、まずは己の足場を固めねばなるまい。いざとなれば、父を敵に回す覚悟も決めた一夜だった。

数日後、雅宗は邸にて当の父から母屋へ呼び出された。秘する話があるという。

行ってみると、そこには叔父もいて驚いた。彼との親しいつきあいは、父へは隠しているので、上辺《うわべ》の挨拶のみする。

「ごきげんよう。右大臣」

「大納言も息災にて、なによりだ」

内々《うちうち》で会っているのに、互いを官職で呼び合った。いかにも、よそよそしく言葉を交わす。父の前では、このくらいでちょうどいい。

「顔ぶれは、そろうたな」

含みのある笑いを湛えた父が口にした密談に、雅宗が双眼を瞠った。

見れば、隣に座る雅親も顔を強張らせている。やがて、確かめるのも憚られるといったふうな硬い口調で言った。

「…兄君、正気で仰せなのですか？」

「もちろんじゃ。わしは戯言は申さぬ」

「……されど、あまりに僭越《せんえつ》な考えではございませぬか。いかに親王とは申せ、臣下たる我が壬生家の血を引いた宮《みや》さまを、並居る皇族方を差し置いて日嗣《ひつぎ》の御子に据えるなどと…。恐れ多すぎます」

「どこが恐れ多い？」

「なんと申されます⁉」

「前例は、すでにあろう」

「な……」

「なにも、外戚が政で権勢を揮うのは、壬生家が初ではない」

「……っ」

「宇井《うい》家や、良岑《よしみね》家はいかがする？」

「兄君…」

「雅親。ようやく、最も妨《さまた》げとなる四条家の者どもがいなくなったのじゃ。先の両家とて、今や権勢など見る影もない。いよいよ、我らが頂《いただき》に立つときが参っただけのこと」

「……」

平然と語った父へ、雅宗もさすがに眉をひそめずにいられなかった。

いわく、雅宗の姉である宣耀殿の女御がお生みになった元長親王を東宮《とうぐう》に立て、いずれ、践祚《せんそ》したあかつきには、帝の祖父として、今よりも権力を掌握する。

つまり、天皇家との婚姻を利用し、外戚政治を行うとの目論見《もくろみ》だ。

これまでも、宇井家や良岑家のように、歴代の帝に娘を嫁がせて皇室と繋がりを持ち、外戚となって権威を得た貴族はいた。だからといって、壬生家もその仲間入りをせずともよかろう。

あまりに不遜な企てに、今度は叔父にかわって雅宗が父を諫める。

「…なれど、父君。御上におかれましては、皇族ご出身の皇后さまとの間に、おふたりの宮さまをもうけておいでになられます。東宮は、このご両名のどちらかから選ばれるかと存じますが」

「宣耀殿の女御が生み参らせた元長親王さまが、御上の第一皇子、一の宮であらせられる。違うか?」

「……いえ」

「そうであろう」

たしかに、麗子皇后は第一子、第二子と内親王がつづいた。三人目にようやく皇子がお生まれになったのち、四人目も皇子だった。

誕生の順番でいけば、皇后腹の皇子は二の宮、三の宮になる。

「なに。帝の正妻をひとりと定めるのが愚かな思考なのじゃ。…左様。宣耀殿の女御は以後、中宮《ちゅうぐう》と称させ、もうひとりの后《きさき》とすればよい」

「皇后と中宮を同位になさる⁉」

「おお。よき案じゃ。御上へも奏上いたそう」

「お待ちくださ い、兄君！」

「……父君」

なんたる恐ろしきことを企むのかと、眩暈がした。

どうにか思い留まらせるべく、叔父とかわるがわる父の説得を試みたが、捗々《はかばか》しい結果は得られない。

明子内親王の大事《だいじ》があったばかりゆえ、帝に上奏するのは、まだ早いと時宜《じぎ》を遅らせるのを承諾させたにすぎなかった。

いや増す父の横暴を止め切れぬ己が、雅宗は歯痒《はがゆ》かった。

「なにやら、心が波立つ」

朝、目覚めたときから、敦頼は落ち着かずにいた。

不安の正体を明らかにしようと『遠予見』をする寸前、茂文が襖障子の向こうで急《せ》いた声で告げる。

「敦頼さま。よろしゅうございますか?」

「どうした?」

「あの……大殿さまが、おいででございます」

「父君が!?」

「はっ。只今、お通しいたします」

「……っ」

思わぬ父の訪れに、言葉を失った。茂文の躊躇いも、よくわかる。

なんといっても、母の葬儀以来、十三年ぶりの訪問だ。

胸騒ぎの所以はこれかと合点がいくも、嫌な感じは消えずにいた。かといって、父に『魂読』や『遠予見』をする気にはなれない。

迷う敦頼にかまわず、父が室内へ入ってきた。こちらの都合はおかまいなしといった風情は、相変わらずだと思う。

茂文が用意してくれた茵《しとね》に座す父と、向かい合う形になった。

無沙汰のあまり、どう振る舞えばいいかもわからぬまま、とりあえず、異能を揮わぬため、目を見ないように俯いた。

万が一、触れるのを避けるべく、若干だが、茵《しとね》の上をそっと後ずさる。

気圧《けお》されている敦頼を知ってか知らずか、ひさしぶりに聞く声が述べた。

「近頃、おもしろき話を耳にしてな」

「……？」

会わずにいた間のことや、壮健《そうけん》そうでなによりなどの挨拶はなしである。用事のみ切り出されて、いちだんと困った。

唐突な訪れと、慣れぬ父が相手で、人怖《ひとお》じしてしまう。

「…左様で、ございますか」

「心当てはつかぬか？」

「は、はい…」

「少しは考えて答えよ」

「……申し訳ございませぬ」

正座した己の直衣の膝あたりを眺めつつ、敦頼が詫びた。

どうにか応じるのでせいいっぱいゆえ、まともな返事ができるはずもない。さほど経たずに、父の苛立《いらだ》ちまじりの舌打ちが聞こえた。

なおも、俯き加減になった敦頼へ、不機嫌ながらも、もったいぶった声が言う。

「そちの母の一門たる白川家は、古《いにしえ》より神事を司っておる、その筋では名の知れた名家であったの」

「?」

「相違あるまい」

「…御意」

「うむ」

いきなりの話で、わけがわからなかった。今さら、母や白川家のことを持ち出す意味が不明だ。内心にて訝る敦頼を後目に、父がつづけた。

「つまり、そちが、白川の血を濃く受け継いでいても、おかしゅうはない」

「⁉」

「そちの母は、ただの女であろうとな」

「……っ」

鼻先で笑った音と、故人を誹《そし》る言い様に両の拳《こぶし》を握りしめる。

母のことをなにも知らずに、否、知ろうともせず冷待《れいたい》しておいてと口惜しかった。握った拳が震えぬよう堪えているところに、肝心な事柄を突きつけられる。

「敦頼。そちは、通力があるそうじゃな?」

「!」

「隠し立ていたすと、ただではすまさぬぞ」

「……」

「さあ。正直に申せ」

たたみかけるように切り込んでこられ、息を呑んだ。かろうじて、顔を上げて父の目を見ることは避ける。

なにゆえ、今頃と激しく動揺した。

異能については、雅宗にしか打ち明けていない秘密だ。そして、彼が誰かに漏らす事実は絶対にないと信じている。まして、父にだけは言うわけがない。ならば、父はどこから知ったのか。

無言を貫いていると、父が出処《でどころ》を語り始めた。

それによれば、父は先日、雅宗の側近たる茂仲と話す機会があったらしい。そのとき、茂仲が茂文を、敦頼とは違う若君《わかぎみ》に仕えさせてほしいと願い出たとか。

純粋に、弟の将来を鑑《かんが》みた茂仲の望みだろう。

今後、立身《りっしん》の見込みもなく、実父からも捨て置かれている敦頼より、ほかの兄弟たちのほうが仕え甲斐もあろう。なんといっても、主人の敏雅は左大臣に昇進し、嫡男の雅宗は大納言に出世した。

雅宗の弟と異母弟も、それに準じて位《くらい》が昇った。同腹の妹は、姉の宣耀殿の女御に次いで、近々の入内が決まった。

なんなら、主人に取り計らってもらうべく、雅宗に頼むがと持ちかけたという。

その際に、茂文が茂仲の心情はうれしいがと前置きし、敦頼に関して、次のように談じたそうだ。

敦頼は心が澄んでいるのみならず、不思議な人でもある。

時折、茂文がしようと思っている行いに対し、先回りして『気をつけるように』と声をかけてくれる。

また、茂文の父親が風邪をひく前に薬を持たせたりもする。それらに留まらず、枚挙《まいきよ》に遑《いとま》がないくらい、母親ともどもも本当によくしてもらっている。

敦頼がとても優しいので、仕えていて誇らしいと熱く述べた。

弟の一途《いちず》さに、茂仲も不承不承《ふしようぶしよう》ながら、引き下がったらしかった。

茂文にすれば、兄とのなにげない会話だったに違いない。だが、茂仲のほうは敦頼の『優しさ』でなく、『不思議さ』が気になったのだ。

たぶんに、茂文の敦頼への思い入れようも、怪訝さを煽った一因か。

おそらくは、そばに仕える弟と母親の身を案じたと思われる。なんといっても、昔、父が物の怪つきと言っていた敦頼だ。だからこそ、父の耳に入れたのだろう。

当然、敦頼が物の怪つきでないと知る父は、別の心当たりをつけた。

それこそが、折しも、白川家の血統だった。

よくない出来事が起こりそうな気がしたものの、的中しすぎて唇を噛む。

どう返答するか、敦頼は惑った。父の目を見れば、なにを企てているか『魂読』できるも、どうせ、ろくでもないことだというのも察しがつく。

企みが読めたにせよ、逆らえない。ゆえに、嘘をついても無駄と判じた。

詰めていた息をそっと吐き、あきらめて口を開く。

「…いささかでは、ございますが」

「そちの申す、いささかとは、いかほどの通力を指すのじゃ？」

「それは…」

「委細漏らさず、答えよ」

間髪《かんはつ》を容《い》れずに、問いが返ってきた。偽りは述べぬが、真実をすべて詳《つまび》らかにするつもりもない。

白川家秘伝の『魂読』と『遠予見』の異能のことは伏せた。

「……数日先の天気が、わかります」

「それだけか？」

「いえ。あとは、失せもの探しと、夢解《ゆめとき》ができるくらいでございます」

「ほう」

そこそこ力のある陰陽師なら、誰もができる程度の事柄を告げた。すると、父が自らが数日前に見たという夢解をさせられる。

「いかがなものか」

「その夢が示しているのは…」

よどみなく夢を解いていった敦頼に、父が低く唸った。

どうやら、事前に陰陽頭《おんようのかみ》に夢解をさせていたとみえる。敦頼は、陰陽頭の勘中《かんじん》と寸分違わぬ見立てを言ったようだ。

「ふむ。まこと、通力の持ち主じゃな」

「………」

満足げにほくそ笑んだのち、父は用はすんだとばかりに立ち上がった。

小さく頭を下げて見送る敦頼へ、刺々《とげとげ》しい言葉をかけてくる。

「まったく、いつ眼にしても疎ましき姿よ」

「……っ」

「人の顔もろくに見ず、下を向いてぼそぼそと話すのも、みっともない」

汚らわしいものでも眺めたように言い捨て、室内を出ていった。父親らしい言動はいっさいなく、依然、敦頼を憎々しく思っている様子に溜め息をこぼす。

父の足音がしなくなり、力尽きたふうに脇息にもたれた。

あれだけの悪意を向けられると、『魂読』をせずとも疲れる。

四条家の失脚から始まった、天皇家をめぐる計略を実行に移そうと奔走する父に、雅宗と叔父が困り果てていると聞いてはいたが、聞きしに勝る勢いだった。

自分も、その駒にされるのだろうかと眉を寄せる。

「なれど…」

敦頼が片手で髪を掻き上げつつ、呟いた。

自分は母の寿命も知っていたけれど、父のそれも存知だ。無論、雅宗や雅親、茂文親子の分も知っている。

雅宗も雅親も、四十賀、五十賀を優に越し、七十歳過ぎまで生きる。茂仲、茂文兄弟は彼らよりは短いものの、五十歳は迎えられる。約四十年で人生を終える者が大半とあり、各々《おのおの》が長生きといえた。

そんな中、父だけは、もう間もなく寿命が尽きる。

しかも、なんの因果か、敦頼と同じ日だ。その上、どんな死に方をするのか、何度『遠予見』しても、わからない。

己以外の人のことで、視えないのは父のみゆえ、当惑した。

母に生前、訊ねたが、『左様な場合もあるでしょう』と言われた。このとき、たまたま視えなかったにすぎないと思いきや、以降もわからずじまいだ。

気にはなるにせよ、わからぬものは、どうしようもない。

父と敦頼、どちらが先に亡くなるかも不知なので、敦頼が早かったら、知らぬまま逝き、逆なら、わかって冥途《めいど》に旅立つ。

「とは申せ、病《やまい》の欠片《かけら》もお見受けできぬほど、お元気であられた」

垣間《かいま》見《み》た父は顔色もよく、至って健《すこ》やかそうだった。

父の毒気に当てられた敦頼のほうが、具合が悪く映るかもしれない。

「病ではなく、別の亡くなり方をなさるのであろうか…」

なんとも言い難い心地で独りごつ。母が夭折《ようせつ》した分、父の長生きを願いたくも、親子の情をかけられた記憶がないから、難しかった。

父が三十九歳という年齢ゆえ、適当な気もするせいだ。

再び深く嘆息し、なにごともなきようにと祈った。ところが、この翌々日の宵過ぎに、雅宗が訪れたと茂文が知らせてきた。

例の三日に一度の訪いを、彼は実直《じっちょく》に守ってくれている。

早速、会わずにいた間に起きた父とのやりとりを話さねばと思った。

「早々に、お通ししてくれるか」

「はっ。ですが…」

「茂文？」

「その……なにやら、いつもの雅宗さまと違う感じがいたすのです」

「違うとは？」

「はい。今すぐ、こちらへ母を呼んで参るよう申しつけられました」

「白露を⁉」

「わけをお訊ねするも、早うとだけ仰せられまして…」

「…左様か」

茂文にすれば、雅宗と敦頼がゆるりと過ごすときなのにとの考えゆえ、直ちに母を呼んでこいという命令が訝しいのだ。

どうしましょうと訴える茂文に、淡く笑んで言う。

「なれど、そなたは言いつけを守らぬわけにもいくまい。今は、義兄君の仰せのとおりにいたそう」

「御意。まずは、雅宗さまを案内いたして参ります」

「頼む」

そう述べつつも、茂文と同じく、敦頼も戸惑いが先に立った。

敦頼の下知を叶えるべく、茂文がいったん下がっていく。ほどなく、衣冠姿で硬い面持ちの雅宗が室内へ足を踏み入れてきた。そのあとにつき従う茂文の手には、女人が着る艶《あで》やかなな小袿と白の広袖《ひろそで》がある。

そちらの着物はと首をかしげたい一心を抑え、腰を上げて出迎えた。

「義兄君、どうぞ中へ…」

「すまぬが、敦頼。今から急ぎ、ここにある小袿を着て、支度をいたせ」

「え?」

「そなたを内裏へ連れて参る」

「……わたくしが、内裏に⁉」

「うむ」

わけがわからぬまま驚く敦頼にうなずいた彼が、茂文へ白露を呼びにいかせた。

ふたりきりになって間を置かず、言い重ねられる。

「この白い広袖をかずけば、髪も瞳も隠せる」

「義兄君…」

高貴な家の女人は、人前で滅多に顔を晒《さら》さない。父親や親族、夫以外の男性へは特にそうで、彼らとも場合によっては御簾を隔てて会う。そして、外出の際は、頭から被衣《かずき》をかぶって顔や髪を覆う。

つまり、敦頼を外に連れ出すには、蒸栗色の髪と翡翠の瞳が人目につかぬよう、女人の装束を着せるのが適切と判断されたわけだ。

しかも、敦頼は身体つきも細いので、男と疑われずにすむ。だが、普段は直衣か狩衣しか身につけぬため、さしもの敦頼も困惑した。

それ以上の仔細を、雅宗はなにも語ろうとしない。かわりに、すべてを『読め』と言わんばかりに、目を見つめられた。

誠実な黒い双眸に、苦しげな色が浮かんでいる。想い人の目を見て、父の企みを知った敦頼が呟く。

「…父君は、わたくしを御上に差し出すおつもりなのですね」

「……ああ」

「一昨日、こちらに参られて、わたくしの通力の有無をお試しになられたのも、当初から、御上のお気を惹き、取り入る道具になさろうとしていらしたというのならば、得心がいきます」

「敦頼」

実に父らしい駒の使い方だと心の内で思った刹那、強い力で抱きすくめられた。

負けじと、敦頼も広い胸に縋りつく。このとき、父が来た折のことを話した。己が持っているのは天気が読める力と失せもの探し、夢解だけで、『魂読』と『遠予見』の異能は隠したと詳しく語った。

「それがよい」

「はい。わたくしも、そのように思います」

敦頼の通力について、どこで知られたかも、つけ加える。茂文がいなくて、今は逆によかった。

「左様であったか」

「ええ。どうか、茂文と茂仲を叱《しか》らないでやってくださいませ」

「わかっておる」

悪いのは、抜け目がない悪知恵の働く父である。

そう承知でも、雅宗の千々に乱れた想いが伝わってきて、せつなかった。もし、帝が敦頼の髪や瞳の色を疎まず、通力以外に容貌へも興味を持ったら、あとはどうなるか嫌でも想像がつくせいだ。

「……内裏などではなく、いっそ、このまま誰の目も届かぬところへ、そなたを連れて逃げたい」

「義兄君」

いたわしい声遣いで告げた彼の背に回した手に、なおも力を込めた。

敦頼とて、気持ちは同じだ。とはいえ、実際にはできない。雅宗も、それは重々わかった上での言葉だろう。

逞しい胸元に当てていた顔を離し、彼を見上げて囁く。

「わたくしのせいで、義兄君が罪人《つみびと》になるのは耐えられませぬ。ただ、義兄君がなさりたい政を叶えるためならば、わたくしはどんなことも厭いませぬゆえ」

「なれども…」

「なにがあろうとも、わたくしの身も心も、義兄君だけのものにございます」

「……っ」

切れて血が滲むほどに嚙みしめていた雅宗の唇に、爪立《つまだ》って唇を合わせた。血の味がするくちづけで、敦頼の腹が据わる。

己の寿命にさほど猶予がないゆえ、渡りに船でもあった。彼の役に立てる最大の機だ。いとせめて身に染《し》む恋人の深い愛情も、背中を押してくれた。

そこへ、茂文が白露を伴って戻ってきた。敦頼に肩入れする彼女も、どこか不安げな顔つきだ。

しかし、敦頼が微笑んで着替えを頼むと、丁寧に小袿を着せつけ始めた。ほどなく、着替えがすむ。

髪も梳《くしけず》った白露が、なんとも言えぬといったふうに切り出す。

「お似合いでいらっしゃいますと申し上げますのも、妙な心地でございますが…。敦頼さまは年を経るごとに、御髪《おぐし》とお目の色を除けば、面差しが亡き御方《おかた》さまを彷彿《ほうふつ》いたして参りました」

「まことか？」

「白露には、そう見えまする」

「ならば、女人の小袿も、強《あなが》ち似合わぬわけではないと」

不格好になるよりはましと、自らを慰めた。

最後に広袖をかずき、茂文母子に見送られて、雅宗につづいて西の対を出た。

両手が塞がっているため、彼に左腕を持たれて並び歩く。

「敦頼」

「はい」

「すまぬが、父君か私がよいと申すまで、口は開かずにいてくれ」

「畏まりました」

「要する指示は、私がいたす」

それも、そうだ。身なりは舎人《とねり》や雑色《ぞうしき》を欺《あざむ》けても、声を聞かれてしまっては男だと発覚してしまう。

そのような無様なことになっては、取り返しがつかない。

申し訳なさげな雅宗が、かえって不憫だった。

やがて、東の対の渡殿《わたどの》を下り、篝火《かがりび》が焚かれる中、車宿《くるまやどり》に辿り着く。八葉車《はちようのくるま》のほかに、わざわざ女車《おんなぐるま》が用意されていて、敦頼は双眼を瞠った。

考えてみれば、外に出ること自体、ままならなかったので、牛車に乗るのも初めてだ。見知らぬ者も大勢おり、急に心もとなくなった。

帝に拝謁するという、無位無官の身ではありえぬ事実にも、今になって動じる。

知らず、足がすくんだ。そんな敦頼の耳元で、彼がほかの人間には聞こえぬほどの低い小声で呟く。

「心細くならずとも、私がついておる」

「……っ」

「そなたのそばを、決して離れぬ。案ずるな」

心強い言霊《ことだま》に励まされ、微かに肯んじた。まだ肩の力は抜けぬが、雅宗がいてくれることが心の守りとなる気がした。

大きく息を吐いて勇気を奮い起こし、足を踏み出す。

どうやら、父はすでに八葉車へ乗り込んでいるらしい。敦頼につき添って女車に乗せたのち、雅宗もそちらに同乗したようだ。

牛車が動き出し、敦頼が驚きに思わず漏れかけた声を堪える。

いくらか落ち着き、数刻のちの『遠予見』ができればと思う。己のことゆえ、視えないのが無念だった。

しばらくして、内裏に到着したのか、牛車が止まる。

たしか、壬生家は内裏へほど近い建礼門《けんれいもん》まで、牛車に乗ったまま入ることを帝が許す〝牛車の宣旨《せんじ》〟を受けていると聞いた。

つまり、もうここは、帝のおいでになる内裏の間近なのだ。

再度、覚束《おぼつか》ない心もちになりかけた己を、内心で励ます。

乗る際は後方からだったが、今度は前方の簾《すだれ》が上げられた。

「気をつけて、ゆっくりと降りるがよい」

「……」

軽くうなずき、邸のときと同様、雅宗に手を取られて足元に気をつけながら降りる。慣れぬ女人の装いとあり、歩きづらかったものの、彼に先導されて歩を進めた。

父は、敦頼を流し目で見ただけで、声をかけもしない。

幾許もなく、十八段の階《きざはし》を備える壮麗な建物の中に入っていった。その前庭の左右、向かって右に桜、左に橘の木が植えられている。

帝の即位や立太子《りったいし》、譲位、朝賀《ちょうが》、節会《せちえ》などの公《おおやけ》な儀式を行う、内裏の中心たる正殿《せいでん》の紫《し》宸殿《しんでん》だと雅宗が耳打ちしてくれた。

「もうじき、御上がおわす清涼殿《せいりょうでん》に着く」

「……」

「もの心細かろうが、私がいることを忘れるな」

つづいた激励の囁きへ、なんとかうなずいた。

父の従者をはじめ、茂仲らも遠ざけられている。帝が平時《へいじ》、住まわれておいでの御殿《ごてん》にあたる清涼殿は、人払いがなされていた。

しかし、ひとりだけ見覚えのある姿があった。雅宗も彼の参上を知らなかったとみえて、驚愕が伝わってくる。

意思の力で驚きを押し包み、平常を装った彼が言う。

「……右大臣も、おみえでいらしたか」

「左大臣に召し出されたゆえ」

「左様でございますか…」

「大納言も諸々、労苦であったな」

叔父からも、敦頼への並々ならぬ気遣いが感じられた。

まだ話せぬかわりに、雅親に一揖《いちゆう》した。

昼御座《ひのおまし》においでになる帝と対座し、四人が並んで座す。御簾越しに謁見する前、父が敦頼に命じる。

「敦頼。被衣を取れ」

「…畏まりました」

口をきいてもよいと判じ、短く答えて、かずいていた広袖を取った。手早くたたんで脇に置き、両手を床へ着いて額《ぬか》ずく。

つくづくと見つめられる気配がし、しばしののちに声がかかった。

「敦頼とやら。面《おもて》を上げよ」

「……はっ」

「今少し、こちらに近う参れ」

「御意」

帝直々《じきじき》の命令に、戸惑う。おそらく、頭を下げたままだと髪が流れ落ちるため、顔がよく見えなかったのだろうと思いながらも、敦頼はわずかに前へ躄《いざ》り寄った。

ひとしきり眺められたあと、またもや帝が話しかけてくる。

「そちには、通力があると左大臣に聞いた。相違ないか？」

「…ございませぬ」

「いつからあったか、覚えておるか」

「物心つきし頃よりにございます」

「ほほう」

敦頼の事情を知らぬはずの雅親も、父から聞き及んでいるのがわかった。半信半疑との内心を顔に出さず、平静さを取りつくろえるのはさすがだ。

訝る傍ら、叔父は母の家系たる白川家と結びつけてもいる。仮に事実なら、敦頼が父の私欲のために使われると案じてもいた。

雅宗とまったく変わらぬ懸念を、彼も持っている。

「余《よ》も、この目で見たきものじゃ。ゆえに、これより、失せもの探しをやってもらおう。よいな」

「……御意」

父に夢解をさせられたように、帝にも力試しをされるらしい。『魂読』と『遠予見』の異能は黙っていてよかったと心底安堵する。

「なれば、そこにありし香壺箱《こうごのはこ》と薬箱《くすりのはこ》、ふたつのどちらに挿頭《かざし》が入っておるか」

御簾の手前の二階厨子《にかいずし》に、様々な箱が置かれてあった。帝の持ち物なので当然だが、そのどれもが、蒔絵《まきえ》や螺鈿《らでん》が精細に施された立派な品々ばかりだ。

訊ねられた品をつと見て、敦頼が控えめに応じる。

「香壺箱のほうでございます」

「確かか?」

「御意」

「よし。大納言、開けてみよ」

「はっ」

「両方ともじゃ」

言いつけられた雅宗が、ふたつの箱の蓋《ふた》を開いた。もちろん、敦頼の言うとおり、香壺箱に挿頭は入っていた。

偶然とも考えられる所以か、間を空けずに、帝が次なる言問《こととい》をする。

「螺鈿文箱《らでんのふばこ》と蒔絵手箱《まきえのてばこ》、いずれに檜扇が入っておるか」

「蒔絵手箱にございます」

「ほう…」

再度、雅宗が箱を開く。異なる二種類の箱にて、失せもの探しが幾度か繰り返された。

回数が重なるうち、帝と叔父が感服したように唸る。

「まさしく、百発百中じゃな。…では」

途中、帝の望みで、三つ、四つの箱の中からになった。難易度が上がっても、一度も外すことなく、すべてを当てた。

的中させるたびに、帝が色めき立つ気配が伝わってきたが、今は敦頼を見る様子がすっかり変わっている。

御簾の向こうで前のめりに若干、身を乗り出し、のたまう。

「まだ、ほかにも試したき案はあるが、今宵はこれまでとしようぞ」

「…御意」

「見事であった」

「もったいなき、お言葉でございます」

敦頼が恭しく頭《こうべ》を垂れたときだ。衣擦《きぬず》れの音とともに、麝香《じやこう》の薫物《たきもの》が強く鼻先をくすぐった。帝が自ら御簾よりお出ましになり、敦頼の近くへ立ったのだと気づく。

思わず、固まったままでいると、閉じた檜扇が目の前を通った。それで顎を支え持たれて、上向かされる。

表地が白小葵文《しろこあおいもん》、裏地が紫の平絹の袍《ほう》に紅の下襲《したがさね》を合わせられ、同じく紅の打袴を穿き、立纓《りゆうえい》の冠《かんむり》をつけた御引《おひき》直衣を召された帝が眼前にいた。

雅宗から話を聞いてはいたものの、考えていた、なよやかな感じとは違う。案外といってはなんだけれど、勇ましそうな見目だった。武《ぶ》に秀でていると言われても、納得できる体格でもある。

直に、帝の尊顔を拝したこと以上に、目が合ってしまって狼狽する。

しかし、目を逸らすのも失礼とあって、どうしようもなかった。『魂読』の異能を揮わぬよう、己を御す。そんな敦頼の髪と瞳に、帝はあらわな興味を示した。

「唐人でもないというに、珍しき色の髪と目じゃ。肌色も雪のようなり」

「………」

「おお！　眉や睫毛も、蒸栗色とは。その上、なんたる美貌か。かくのごとき姿で、まごうかたなき男とな」

感嘆と驚愕が入り混じった声音で、帝が漏らす。

かぶりを振りつつ、信じられぬと継いだ帝に、父が得意げに返す。

「真実でございますれば」

「ふうむ。名にし負う、白川家の血か」

「左様でございます。かの一族は、波斯国の者と交わってきたとか。通力ともども、これは先祖返りと申す現証《げんしょう》と、我が妻であり、これの母、つまりは白川家直系の女が申しておりました」

「霊妙《れいみょう》なる御仏《みほとけ》の御業《みわざ》たるかな」

「ご尤もです。我が息子に、まさか斯様な神意《しんい》が起ころうとは、この敏雅、努々《ゆめゆめ》、思ってもおりませなんだ」

母の言を、そっくりそのまま話す父に唖然《あぜん》とする。

あれほど説得を拒み、打ち捨てておいてと絶句した。母がほかの男と通じたと決めつけ、敦頼も実子かどうか疑っていたのに、帝が好みそうな神力《しんりき》へとすり替えた上、まるで自身の信心ゆえと言わんばかりだ。

「左様であろうな」

「御意。なれど、いつか御上のお役に立つために、天から授けられた子と思い、世間には存在を秘して、貴族の嗜みもしかと教え、大切に育てて参った所存です。…結果として、恐縮ながらも御上にも秘密にいたしたことは、申し訳ございませぬ」

「なんの。左大臣の志《こころざし》は貴い。よって、此度《こたび》の密事《みつじ》も許す」

「ははっ」

「余は、よき臣下を持った」

「恐れ多き仰せにて」

さも本当のごとく偽りを述べた父に、敦頼が両瞼を伏せた。

雅宗と叔父と自分を前にして、よくぞ言えると白々しくなる。だが、いくら糾弾したくとも、立場上できなかった。帝の御前でもある。ほかのふたりも、きっと似たような心情に違いない。

こぼれかけた溜め息を押し殺した刹那、帝が父のほうに向き直ってつづける。

顎にあった檜扇が引かれ、敦頼は微かに俯いて小さく息をついた。

「左大臣」

「はっ」

「先日、そちが申しておったことじゃが…」

「これなる敦頼を殿上人とし、蔵人所陰陽師にしてくださる議でございますな」

「左様。よきに計らえ」

「ありがたき幸せに存じます!」

「ただし、この者に余の伽《とぎ》をさせてよいな」

「御意」

「今宵からじゃぞ？」

「御上の御心《みこころ》のままに」

「うむ」

「……っ」

神妙な面持ちをしつつも、父は躊躇なく敦頼を差し出した。父よりよほど、叔父が胸の内で仰天し、うろたえているのが伝わってくる。

あらかじめ心構えがあった雅宗でさえ、耐え忍んでいるのだから当然だ。

女人に限らず、男であっても麗しい見目であれば手をつける帝の習性を知っての、父の行いである。

「左大臣。本人の意思は…」

「控えぬか、右大臣。御上の御所望であらせられる」

「……御意」

大胆にも父を諫め、敦頼を庇おうとした雅親だったが、すげなく退けられた。その気概だけでも、うれしかった。

一方で、父の願いが蔵人所陰陽師の地位と知り、狙いも悟る。

帝のことのみを占う官職に敦頼を就け、左大臣としての権威に限らず、そちらからも帝を意のままに操ろうとの企みなのだろう。

四条卿は中務省の弱体化を目論んでいたと聞くも、卜占が好きな帝の意向もあって、うまくいかなかった。ゆえに、両方を手中におさめようと思いついたとみえる。まさしく、搦め手である。

現・蔵人所陰陽師はどうなるのかと、胸が痛んだ。

そもそも、やっている仕業は四条親子と同じだ。

敦頼はいわば、父の権勢を確固たるものにする生贄《いけにえ》も同然だった。

こうなるとわかっていたため、動揺はさほどない。己の務めを淡々と果たそうと覚悟を決めた矢先、父が雅宗の名を呼ぶ。

「雅宗」

「…はい」

「そなたは、ここへ残れ」

「!?」

思いもよらぬ仕儀に、敦頼の心が揺らいだ。

いったい、父はなにを言い出すのかと双眸を見開く。雅宗も怪訝そうな声色を隠そうとせず、訊ねる。

「なにゆえですか？」

「敦頼が万一、御上に手向《たむ》かうことなきよう、そばで見張っておれ」

「私がでございますか？」

「左様。事が成就いたすまでは、敦頼の存在を知られるわけには参らぬ。なれど、こちらは今、人払いがなされて、守りが欠けておる。一時《いっとき》、御上をお守りいたす宿直《とのい》のかわりを、そなたがいたせ」

「それは…」

「よいな。しかと頼んだぞ」

「……心得ました」

尤もらしきことを雅宗に命じ、父は叔父を引き連れて退席した。

元来、敦頼の姿形を疎んじている父だ。しかも、男同士の交わりに関心がないので、見るのもおぞましいとの本心が感じ取れた。

思いもかけぬ、なりゆきに周章する。奇しくも、『決して、そばを離れぬ』と雅宗が告げてくれたとおりになった。

心強くもあるが、まさか、こんな形でとはと葛藤に陥る。

なにしろ、愛する人の前で、帝とはいえ、雅宗以外の男に抱かれるのだ。胸が張り裂けそうになったものの、どうにもできない。

しばし、茫然としていた敦頼の腕を、帝が強引に取った。

「あ……」

「そちらの夜御殿《よるのおとど》に参るぞ。立つがよい」

「……っ」

「大納言も、ついて参れ」

「…御意」

すぐ隣にある、帝の御寝所たる夜御殿へ連れていかれる。そこは、繧繝縁《うんげんべり》の厚畳《あつだたみ》が二重《ふたえ》に敷かれ、その三方《さんぽう》を四帖《じよう》の華麗なる屏風《びようぶ》で囲まれていた。小葵の文様が施された茵《しとね》と衾《ふすま》も壮麗だ。

枕は、ひとつしかなかった。普段、帝は後宮のどちらかの殿舎《でんしや》に、お渡りになる。ここでひとり休むことは、あまりないのかもしれない。

そう考えている間にも、白露に着せつけられた小袿が脱がされていく。

さすがに、幾人もの妻がいるだけあり、慣れた手つきだ。自らの衣装も、冠と単《ひとえ》以外は手早く脱いでおられた。

抗いもできず、敦頼は立ったまま、されるがままでいる。

雅宗は屏風が唯一ない場所で、こちらに背を向けて座し、微動だにしない。顔こそ見えぬけれど、彼が荒れる情を懸命に抑えているのが伝わってくる。

乱れた心が恋人に助けを請うのを、敦頼もなんとか堪えた。

己には、なすべき本分《ほんぶん》があるとも言い聞かせる。自分にしかできない役目だと、このためにやってきたのだろうと、自身を鼓舞《こぶ》する。

ひたすら、耐えるのみと観念した頃、いよいよ最後の白い単《ひとえ》と紅《くれない》の長袴《ながばかま》が少々、手荒く剝ぎ取られ、裸にされてしまう。

全身をくまなく舐めるように見遣る眼差しが、いたたまれなかった。

身体の至るところも、確かめる手つきで触れられる。

「……っ」

「やはり、下《しも》の毛も蒸栗色か。それにしても、美しき姿よ。肌は眩《まばゆ》いばかりに白いだけでなく、瑞々《みずみず》しく手触りもよい」

「……御上…」

「どこも隠すでない」

「……御、意」

脚のつけ根を手で覆おうとしたが、鋭い物言《ものいい》で止められた。

萎えている男根《なんこん》も触られて、薄い陰毛を弄ぶように掻き回される。その後、脱がされていた装束の上へ、敦頼はうつ伏せになれと言いつかった。

臆する自らを奮い立たせ、心を決めて命《めい》に従う。時機を外さず、腰だけを高く掲げた姿にさせられて、両目を瞬かせた。

「!?」

両脚の間にいる帝に、秘所をあまねく開《はだ》ける姿だ。

敦頼が羞恥に身をよじるより早く、菊門をほんの少し指で撫でた帝が、背後から摩羅を突き入れてきた。

「ひぅ」

「うぬ。なんと締めつけのきつい」

「ぁ……っく、う…」

激しい痛みに襲われて、満身《まんしん》が強張る。手元の単《ひとえ》を両手で掴み、耳障りな悲鳴が漏れぬよう引き寄せて噛んで苦痛に耐えた。

腹の中へ、赤々《あかあか》と熱した鉄《くろがね》の棒を突き込まれたようだった。しかも、それがまだ充分にゆるんでいない菊壁の中を縦横無尽に暴れるので怖いし、苦しい。なれど、すべては雅宗のためだ。彼との死別と比べたら、つらくない。

そう思う敦頼の内腿《うちもも》をつうっと滴り落ちていったのは、おそらく血だ。

流血沙汰に胸の内で動じると同時に、身の毛がよだつ。単《ひとえ》を鷲掴《わしづか》みにした手の甲が筋張り、いつも以上に白くなっていた。

痛みをまぎらわせるべく、帝についての『遠予見』に意識を集中させる。

時を刻み、できうる限り先を視た。頭の中で視え出した事柄を、心に留めていく。後々、委細漏らさず雅宗に話さねばならぬゆえ、気が抜けなかった。

「う、っ……っ」

しかし、やはり疼痛《とうつう》が『遠予見』を阻む。

それでも試練に耐え、辛苦を忍ぶ敦頼の心中に、〝身体の力を抜け〟という雅宗の言葉が響いて驚いた。

今までは、自分の意思で周囲の人々の意中を読んでいたが、これは違う。

あまりの痛みと異状なる事態で、意識が混乱したかと思ったのも束《つか》の間《ま》だ。ほどなく、雅宗から強く呼びかけられての『魂読』と悟った。

敦頼のわずかな潤声《うるみごえ》を聞きつけて、事情を察したらしい。彼いわく、帝の房事は荒々しいと耳にしていたそうだ。

こんなときまで案じてくれる優しさが、胸を打った。

承知の合図のかわりに、小さく咳払《せきばら》いをする。次いで、忠言に従い、深く息を吐いた。ゆっくりとした呼吸も心がける。すぐに力みは取れないものの、少しずつ努める。

それに気づかぬ帝が、思い出したように低く笑った。

「そうであったな。そちは女はおろか、男も知らぬ身じゃと左大臣が申しておった」

「……っ」

女人はともかく、男は唯一無二の恋人だけを知っている。

今回のことで、雅宗が敦頼と睦み合う際、菊門をあんなにも入念に、これでもかと時をかけて、懇ろにほぐすわけがよくわかった。

いかに大切に扱われていたかを、あらためて思い知る。精神の面による作用も含めて、だから、彼との交媾《こうこう》は常に、我を失うほど陶然《とうぜん》となるのだ。

「初めての男が帝たる余とは、そちは幸せ者よの」

「つふ…」

「悦すぎて、ろくに声も出ぬか。愛《う》いやつめ」

「…うん」

悦に入る帝へ、誤りを正すつもりは毛頭ない。

早く終われと願うも、帝は存外、執拗《しつよう》に求めてくる。色とりどりの単《ひとえ》の上で、蒸栗色の髪をゆるゆると振り乱して苦痛に悶絶する白い肢体の淫《みだ》らさに、帝が昂ぶっているとは考えもつかなかった。

雅宗との契りで花開きつつある嬌態《きょうたい》が、帝の心を惹きつけていた。

「なれば、閨《ねや》の秘薬《ひやく》を殊に使《つこ》うてやろう」

「秘、薬で……ござい、ます…か?」

「左様。まぐわいにて、快くなる薬じゃ。…大納言、其処《そこ》なる二階棚に置いてある薬壺《くすりつぼ》を持て」

「…御意」

申しつけられた雅宗が、小さな薬壺を両手で大事そうに静々と持ってきた。帝の前に片膝をつき、差し出す。けれど、帝は受け取らず、さらに命じた。

「そちが塗れ」

「そういたしますと、畏れ多くも、私が御上の御身《おんみ》に触れることになりますが、かまいませぬか?」

「よい。中まで塗り込めよ。たっぷりとな」

「……御意」

「‼」

帝と繋がった部分を雅宗に見られるばかりか、触れられることに、敦頼が度を失う。こうなると、そばに彼がいてくれる頼もしさを、いたたまれなさが凌駕《りようが》した。なれど、どのみち、手向かうわけにはいかない。

帝を埋め込まれた菊門へ、雅宗が秘薬なるものをなすりつけ始める。

「ん、ぁふ…うぅう」

目が合わぬのが、いくらか救いだと思っていたときだ。〝これで、少しは楽になる〟との彼の言がまた伝わってきた。

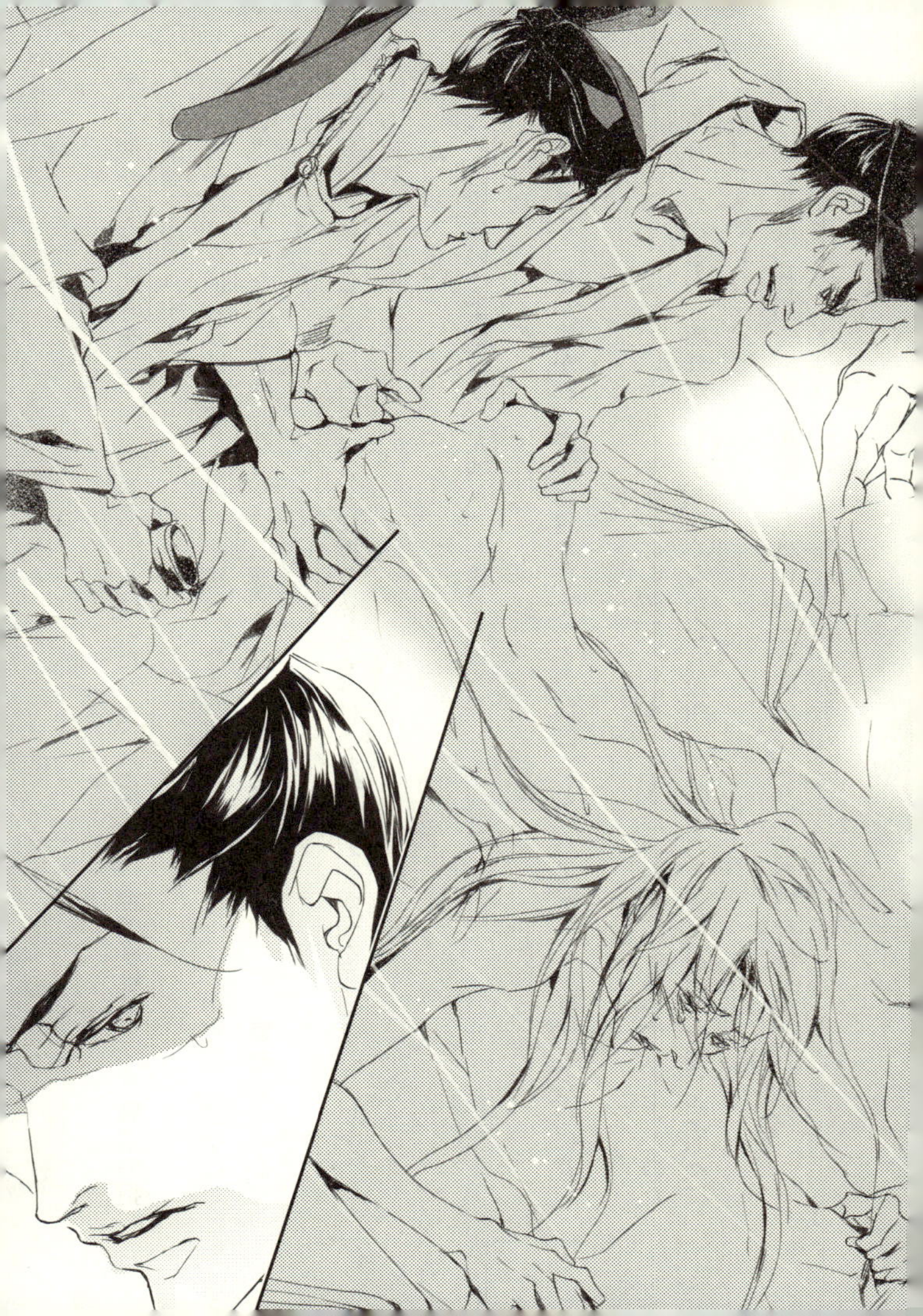

微かなうなずきを返すので、せいいっぱいだった。なにしろ、帝の摩羅に添って雅宗の指が菊筒を出入りする。

もうなにも挿《はい》らぬほど開き切った菊輪を、膏薬《こうやく》がついた長い指がゆっくりとひと回りしていく。そうでなくとも敏《さと》くなっている薄く伸びたそこを撫でられ、知らず、腰を揺らめかせていた。

殊更、傷を負った箇所へ念入りに擦り込むようにされて、敦頼が頬を歪める。

「直ちに効くゆえな」

「ん、っん…」

「そのくらいでよかろう。大納言。大儀であった」

「…御意」

ようやく、指が抜かれ、密かに肩で息をつく。彼はもといた場所へと戻り、こちらに背を向けた。

帝の仰せに違わず、ゆるやかながらも痛みが治まってきた。内襞に秘薬が染み込んだのだろう。心なしか、痺れた感じがしなくもない。敦頼の四肢の力も、努力が功を奏して徐々に抜けてきていた。

薬に滋養の作用でもあるのか、帝はいっそう元気になり、菊筒内を掻き混ぜられる。

雅宗に教えられた弱いところを、帝の摩羅がかすめた。

「う……あ、ん…あぁあ……ぁ、あ…っ」

「おお。泣き声も愛らしきかな」

「……っ」

御満悦といったふうな指摘に、敦頼がハッとなる。

いかに秘薬のせいにせよ、雅宗ではない男に抱かれて、あまつさえ感じてしまった己を悔やんだ。以降は、嬌声を必死に押し殺す。

「これ。恥じらわずに声を出さぬか」

「んぁん……御上っ……ああ、っあ…」

「秘薬が効いて、喜悦《きえつ》極まっておるな」

「あっ、んふ…ぅ」

ままならぬ己の身体に滅入っているのを、恥ずかしがっていると取られて、なおも攻め立てられた。雅宗のために意を決して選んだ策だったが、少なくとも、淫らに乱れた声を彼に聞かれているかと思うと、罪の意識に苛まれる。

感じたくない心とは裏腹に、感じてしまう身が恨めしかった。

ややありて、帝がいちだんと荒い腰つきで敦頼を思う様、貫きながら、とんでもないことを口にする。

「そうじゃ、大納言。そちも、ともに交わるがよい」

「御上？」

「よき案であろう。三人で楽しもうぞ」

「…お戯れがすぎます」

まさかの戯談《ぎだん》に声を震わせつつも、こちらに顔だけ向けた雅宗が慎ましく眼を伏せて、静心《しずごころ》を装い、言った。

ところが、帝は譲るつもりはないらしく、さらにつづける。

「戯言などではない。そちらふたりで、余に奉仕せよ」

「なれど…」

「義兄弟《きょうだい》がまぐわうのを見るも、また一興なり」

「……っ」

「ほれ、大納言。早う、せぬか」

「………」

帝の命令は、臣下にとって是である。異は唱えられない。

有無を言わさぬ心なき受命《じゆめい》を申しつけられた彼が、当たり前だが迷う。

それを承知で急かす帝が、さすがに限界を迎えたようだ。敦頼の腰をしかと摑み、深部を抉った。

「余の尊き胤《たね》じゃ。心して受けるがよい」

「っは、あ……くぅう…」

淫精に勢いよく中を満たされ、低く呻いた。帝がひと息つく間に、敦頼は雅宗のほうへ視線を遣る。

一瞬、重なった眼差しで、『御上の仰せのとおりになさってください』というふうに目配せをする。ここで逆らっては、彼の得にならない。帝の覚えがめでたい温柔《おんじゅう》な人臣《じんしん》として、振る舞ったほうが賢い方策だ。

気遣わしげな黒い双眼へ、帝には悟られぬよう顎を引いてみせた。

敦頼の意思を汲《く》み取った彼が身体ごと向き直り、答える。

「御意」

「うむ。さすがは、忠義なる左大臣の嫡男じゃ」

「…はっ」

いかに思惑どおりとは申せ、人を見る目もないらしい帝に落胆した。あの父を本気で忠臣と思っているならば、救いようがない。

雅宗と叔父が国の先行きを憂いたくなるのを、敦頼も身をもって知った。

「さて。どういたす、大納言?」

立ち上がり、畳に上がってきた彼に帝が問うた。このときには、帝は淫精を注ぎ終えたためか、摩羅も抜いていた。

敦頼はなんとか気を遣らずに、雅宗への誠意を通した。それゆえ、精根尽き果てる寸前である。

乱れた装束の上へ、力なく倒れ伏す。無体な交わりばかりのせいではないけれど、精力がかなり奪われてしまった。

息を弾ませる敦頼の脇にやってきた彼が、膝を折る。

「まずは、御上の御前にて私が肌を晒すのは恐れ多きことゆえ、途中、指貫を寛げるのみで、ご堪忍くださいませ」

「よかろう」

「では、畏れながら、御腰のものを義弟《おとうと》の口に含ませる許可をいただけますか？」

「ほほう。濫吹《らんすい》か」

「左様でございます。…御上さえよろしければ、私がいたしてもよいのですが」

「いいや。余の摩羅は、この者に銜えさせよ」

「御意」

従順に首肯した雅宗が、敦頼の身を丁重に引き起こす。次いで、仰向けに寝た自身の胴を跨がせ、彼の上へ腹這いになる格好を取らせた。

要は、雅宗の眼前に帝の淫精と秘薬、己《おの》が血で汚れた秘部を向けた姿勢だ。

加えて、菊門からは、とろとろと、それらが溢れ出ている。恥じらいに身じろぎかけた刹那だった。

再び、〝斯様な方法ですまぬが、少しなりとも身体を休めよ〟という彼の真摯《しんし》な声が胸中に届いた。

帝を満足させる傍ら、疲れ切った敦頼を庇うつもりなのだ。

なにげなさを装って雅宗の膝上あたりを軽く撫で、承諾の意を伝えた。彼のさりげない思いやりに、心から感謝する。

濫吹は雅宗との交わりで何回か、やった覚えがあった。彼に銜えられると、心地よくてすぐに果ててしまう。

自分が銜える側の折は、舌や歯の使い方が拙《つたな》いゆえ、まだまだだ。

「私が御上に足を向ける非礼を、お許しください」

「うむ」

「敦頼。御上の、お玉茎《はぜ》にご奉仕いたせ」

「…はい」

承諾し、敦頼は雅宗の少し開いた脚の間に跪《ひざまず》いている帝の摩羅を、両手で捧《ささ》げ持つようにして口中に迎え入れた。

淫精と秘薬が混ざった残滓《ざんし》がついたそれは、貧味《ひんみ》だった。けれど、吐き出すわけにも、眉をひそめもできない。

雅宗がしてくれたことを念頭に、両手も用いて奉《ほう》じた。惑うと、後ろで見ている彼が出す細やかな指示を胸中にて読み、恙《つつが》なくできたのが幸いしたようだ。

心もちがよいとみえて、帝が上機嫌な顔つきになっていく。

「んむ…っ⁉」

そのとき、安堵した敦頼の菊座を湿ったものが襲った。この正体が雅宗の舌と思いつき、頬が熱くなる。

振り返らずとも、彼が肩から上を起こして、無残に散らされたそこをいたわるように舐めているのがわかった。時折、触れる細く硬い感じは指だろう。

一度ですみそうにない交媾《こうこう》を慮り、薬にだけ頼らず、時を稼いで菊門と菊筒を慣らそうとしているに違いなかった。

自分と同じく、美味とは、ほど遠い味わいのはずだ。

感激で胸がいっぱいになる反面、今の有様に慄《おのの》く。

義理とはいえ、兄弟で密かに契っているのも罪なのに、帝と三人でまぐわうなど、天罰が下りそうな背徳だ。なのに、雅宗に触れられるとうれしくて、身体のあちこちが勝手にやわらかくほどけていく。

身の内外の覿面《てきめん》な変化は、帝にも瞭然《りょうぜん》だったらしい。自らがさせたものと、ますます機嫌をよくする。

「初めてにしては、なかなかよき濫吹じゃ」

「ぁ…っふ……んんう」

「筋がよいの。そろそろ、また気を遣るぞ」

「⁉」

飲ませられるのかと思いきや、帝が腰を引いた。不意に口から摩羅が引き抜かれ、敦頼の面《おもて》に温《ぬる》い飛沫《しぶき》がかかる。

最初、なにが起こったか、判然としなかった。

帝が笑いながら、手ずからそれを敦頼に塗りつけて初めて、淫精を顔へ放たれたのだと気づく。

涙のごとく頬より顎へ滴っていく感じに、なんとも言えぬ心地になった。

「穢してもなお、清らかなりしは、神職を司る白川家の血筋ゆえかの」

「……っ」

「さあ。余の摩羅に残る雫《しずく》を、舐め取るがよい」

「…御、意……」

「一滴余さずじゃぞ」

硬さを失い、項垂《うなだ》れた玉茎についている残溜《ざんりゅう》を舐める。きれいにしたところで、今度は雅宗の身体の上で敦頼も仰向けにさせられた。そして、後方から両膝の裏を持たれて脚を開かされる。

先とは逆の秘し処を、帝に晒した状態だ。

「あ、義兄君…っ」

消え入りたいほどの羞恥に動揺する様も、帝を興《きょう》がらせたらしかった。

雪肌《せっき》がほんのりと赤みを帯びてくる色めきが秀逸と、昂ぶった素振りでのたまう。自ら敦頼へ近づいてきて、股座《またぐら》を見据えた。

「素晴らしき眺めじゃ。ほう。菊襞がひくついておる。余を欲してか？」

「…御上……お触れに、なられるのは……まだ、お許しを…」

「ならぬ」

「あう……ぁんんっ」

「おお。余の胤が、とろりと滴ってくるの」

「…っあ、く」

雅宗が舌と指でほぐした菊門へ指先を挿れられて、敦頼が下腹を波打たせた。その際、帝の淫精がこぼれてくる。

帝がのどを鳴らす音が聞こえた折、雅宗が本音を抑えた穏やかな声で言う。

「私が義弟を支えておりますゆえ、何卒、御上はご存分になさってください」

「なんと！　斯様に奇妙なる姿でか？」

「左様でございます」

「余の重さも加わるぞ」

「御意」

「ふむ。おもしろきかな」

雅宗の勧めに乗った帝が、萎えていた自身の摩羅を擦って勃《た》たせた。敦頼の嬌艶さに悩殺されていたらしく、半ば硬くなっていたのですぐだ。

手の痕がつくほどに尻臀《しりたぶら》を強く持たれ、再度、帝が押し入ってきた。

「んぁ、は……ああっ…あ」

「先よりも、中がずいぶんうねる。これは、よきかな」

「っふ…あっ、あっ…んんぅ」

正直、痛みがなくなったわけではない。ただし、秘薬の助けと、雅宗が敦頼の男根を慰撫しているため、快さが勝っていた。

重ねて、彼は陰嚢《いんのう》や胸乳《むなぢ》の尖りにも、まんべんなく触れつづけている。

帝に犯されながら、愛しい雅宗の手で昂ぶらされるという倒錯した愛欲地獄に、心身がついていけずに身悶えた。

気づけば、彼の手の中に淫水を放っていた。

敦頼の吐精をよそに、肌と肌がぶつかる音がするほど、凄まじく腰が打ちつけられる。

「あっあ、ん……んう…んっ」

「悦いのか？　ん？　どうなのじゃ？」

「あ……」

「早う申さぬか！」

「くぅ」

惰弱な菊筒の奥を粗略に突き上げられ、敦頼が胸を反らす。

秘薬で痛みに鈍くなっているにせよ、菊門が再び、傷ついたのがわかった。そんな敦頼を慰めるべく、雅宗の手が優しく動く。それに勇気をもらい、どうにか答える。

「こ、心地よう……ござい、ます…ぁ」

「左様であろう」

「んあっ」

敦頼の返事に当然とばかり、なおも抜き差しが激しくなった。

二度目とあってか、帝も長くは持たぬとみえる。

「今一度、中にくれてやろうぞ」

「！」

宣言とほぼ時を同じくして、菊筒内に淫精が迸った。さほど多くないが、先の交媾で残っていた分と合わさり、それなりの量だ。下腹が重くて、唇を噛みしめた。

注ぎ切った帝が身を離し、楽しげに命じる。

「いざ。義兄弟でまぐわえ」

「…御意」

「義兄君？」

返答するやいなや、雅宗が敦頼もろとも上半身を起こして脚を組んだ。いつの間に寛げていたのか、指貫がない下半身の彼の摩羅の上へ、座らされる。

少し前まで帝をおさめていた菊路が、今度は雅宗を迎え入れた。

「ぁん……ああ、あっ…あああ！」

座した格好とあり、己の重みにて深みまで彼が食い込んでくる。帝の淫精が押し出され、流れ出ていった。

初めての抱かれ方で、なんとも惑う。背後から抱きすくめられているため、縋るものがなくて不安になった。そこへ、おもむろに帝が近寄ってきて敦頼の髪を引っ張り、自らの股へと埋めさせる。

「んんむっ」

「兄弟の姦通《かんつう》とは、見ものよの。容易に拝めぬ光景じゃ」

自らの案が行われる様に、帝は笑壺《えつぼ》に入《い》っている。禁忌を犯す自分たちを見て楽しむ風情には、悪びれた気配もなかった。

それどころか、嘲弄《ちょうろう》し、いちだんと敦頼を辱める気だ。

「そちは、再び濫吹をせよ」

「ぁふ……うぅぅ…」

「此度は、胤を飲ませてやろう。上からも下からも、余のものを注がれる者は、そうはおらぬ。ありがたく思え」

「く…っん」

のどが塞がるほど奥まで突き入ってきたそれを、嘔吐《えず》くのを堪えて舐《ねぶ》った。

菊逕《きくけい》は雅宗に貫かれ、口は帝の摩羅を含んで濫吹をする。まさに、背徳の骨頂《こっちょう》だ。

中を穿たれるたび、濡れた音が敦頼の耳に届いた。摩羅を銜えて啜《すす》る音も、羞恥心を煽る。

肉体は、すでに限界を過ぎていた。気力も、尽きかけている。

間もなく、雅宗が極めた。敦頼を慮り、早々と気を遣ってくれたのだ。

やや遅れて、帝が敦頼の髪をきつく摑んで腰を突き出す。

「うっ…」

「すべて、飲み干すのじゃ」

「ぐ、ふ…っ」

命令はきちんと果たしたのち、敦頼は雅宗の胸元に頽《くずお》れた。

かろうじて、失神はせずにすんだ。ただ、息も絶《た》え絶《だ》えで、身体は様々なもので汚れ、裸の胸を大きく喘がせている。

まだ色欲を湛えている帝も、そんな敦頼を見て、さすがにあきらめたようだ。

「今宵は、このくらいにしておくか。下がってよいぞ、大納言」

「はっ」

「次の召し出しは、左大臣に申しつけるゆえ、待っておれ」

「……御意」

蔵人所陰陽師とは名ばかりの、慰み者にする気でいるのかもしれなかった。

それでも、帝の一言で、とりあえず狂乱の宴が幕を閉じた。欠伸《あくび》をし、茵《しとね》へ寝ころんで、帝は衾《ふすま》をかけている。

摩羅を抜いた雅宗も、身支度を整えた。脱がされてあった敦頼の装束を集め、その中の一枚で顔や肌を拭ってくれる。つづいて、ぐったりとなった肢体へ、白露のようにはいかぬものの、いたわるように小袿を着せかけた。

髪と顔は、被衣をかずくのではなく、上から覆って隠す。

ひとりでは立ても歩けもせぬ敦頼を腕に抱き上げ、彼は帝に辞去の挨拶を述べて、夜御殿を退いた。

人気《ひとけ》のない清涼殿を早足で進む雅宗が、小声で告げる。

「そなたも、休め」

「…いえ。眠くは、ありませぬ」

「左様か」

「はい」

牛車があるところに着くまで、以後は無言だった。

控えていた茂仲に、本来の宿直へあとを託してくるよう、彼が伝言を頼む。その後は、邸へ戻っても自分のもとへ顔は出さず、休めとも言い添えた。

建礼門には、敦頼が乗ってきた女車しか残っていなかった。

同乗するはずの雅宗を置いて、父が乗って帰ったらしい。だが、仮に代車を差し向けられていても、彼は乗らなかっただろう。

敦頼を抱えたまま、当たり前のように女車へ乗り込んだ。

ふたりを乗せた牛車が、壬生邸へと動き出す。車内でも、雅宗は口を固く引き結んで話そうとしない。けれど、触れ合った部分から、愛おしい恋人を抱いた帝への嫉妬と怒り、それを止められなかった己に対するやるせなさが感じ取れた。

とりわけ、自分を責めている彼が痛ましく、敦頼がだるい手を伸べる。歯を食いしばっている頬を、やおら撫でた。

「ご自身を、そのように、お責めにならないでください」

「敦頼…」

「わたくしは、平気でございます」

「…………」

「なれども、薬の効能といえど、あのような姿を晒してしまったわたくしを、義兄君がお見限りなさっていらっしゃらないかだけが、心にかかっております…」

「見限るはずがなかろう！」

「まことで、ございますか？」

「なにがあろうと、そなたへの想いは変わらぬと申したはずだ」

「…はい。義兄君」

膝に抱いた敦頼を、雅宗が力を込めて抱きしめ直した。

嗅《か》ぎ慣れた白檀の香を胸いっぱいに吸い込み、安堵する。しばしののち、邸に着いたが、彼は一度も地面や床に敦頼を下ろすことなく、西の対まで、まるで壊れ物を扱うように運んでくれた。

しかも、御帳台の畳の上にある茵《しとね》に座らせた敦頼の肌を、茂文に用意させた湯で自ら清められて弱り切る。

「左様なことを、なさらずとも…」

「いや。この程度では、罪滅ぼしには一向に足らぬ」

「義兄君」

「頼むから、させてくれ」

「…そうなさることで、お気がすまれるのでしたら」

慣れぬ手つきで白い袿を着せつけられたところで、今度は替えとしてここに置いてある直衣に雅宗が茂文の手で着替えた。一応、父の呼び出しに備えて、単姿《ひとえ》になるのはやめておくという。

それを終えると、茂文は湯の入った盥《たらい》と女人の小袿を持って下がっていった。

ふたりになった途端、彼が敦頼の肩を右腕で抱き寄せた。広い胸元に頬をつけ、しなだれかかったとき、もう一度、詫びられる。

話すのも億劫なほど疲れ切っていたが、敦頼はかぶりを振り、応じた。

「義兄君のせいでは、ありませぬ」

「なれど」

「わたくしのほうこそ、義兄君には見苦しき姿をお見せした上、つらい想いまでさせてしまい、心より申し訳なく存じます」

「そなたは、なにも悪くない。私が…っ」

なおも言い募ろうとした雅宗の唇に、そっと人差し指を押し当てた。

途中で言葉を遮られ、彼が端整な眉を片方上げる。誰も聞き耳を立ててはいないと思うものの、用心のため声を潜めて囁く。

「父君の奸計《かんけい》が発端《ほったん》にせよ、わたくしは今宵、御上の御身へ直に触れ、御眼を拝見できる機会を得ました。ゆえに、しかと、わかったことがあります」

「!!」

そう告げた刹那、雅宗が黒い双眸を瞠って息を呑んだ。

瞬く間にすべてを悟ったようで、茫然と訊ねてくる。

「…まさか、そなたははじめから、そのつもりでおったのか?」

「はい」

「……っ」

「わたくしは、父君とは異なる方法にて、義兄君がなさりたき政を叶える手助けがしたいのでございます」

「……敦頼」

「そのためには、此度はまたとない時機と考えました」

莞爾《かんじ》と微笑んで述べた敦頼に、雅宗が感慨深げに嘆息した。

黙っていたことを詫びると、苦笑まじりにうなずかれる。すかさず、面持ちを引き締めた敦頼が、帝を『遠予見』して視えた事実を告げる。

「御上は約一年後、卯月晦日《うづきみそか》(旧暦四月三十日)に、赤斑瘡《あかもがさ》(麻疹《はしか》)にて崩御《ほうぎょ》されます」

「なに⁉」

「ご治療や、ご祈禱も大いになさいますが、助かりませぬ」

「……」

帝の崩御という重大な予言《かねごと》に、さしもの雅宗も驚愕を隠さなかった。政にかかわる身とあり、帝の死がもたらす余波《よは》によって起こる為政の混乱が憂慮できる所以だ。

極めて難しい顔つきになった彼へ、引きつづき言う。

「ゆえに、少々無理はございますけれど、それまでの間、わたくしへの御上からの召し出しを、なにか理《ことわり》をつけて辞退しつづければ、わたくしが蔵人所陰陽師の官職に就く話も、立ち消えになるかと」

「たしかに」

「義兄君には、お手間とご心労をおかけいたしますが、わたくしは臥《ふ》せっているなどと申し上げて、御上と父君を宥めていただきたいのです」

「わかった。叔父君にも力添えを願おう」

「わたくしからも、よろしくとお伝えください」

敦頼に手をつける帝を、止めようとした叔父だ。よろこび勇んで味方についてくれるだろうと、雅宗が笑う。

話し合いの末、彼にも『魂読』と『遠予見』の異能は黙っておくと決めた。

雅宗からは、叔父にになら話してもいいのではと言われた。敦頼もそう思わなくもなかったが、幼い頃より父親がわりだった叔父には、帝の前でやってみせたことができるくらいの通力者でいたい。

すべてを知られて、もし気味悪がられたら悲しいと述べると、雅宗も折れた。

本当は、もっといい手立てがあるものの、言えずにいる。あと一月《ひとつき》ほどで、父の寿命は尽きる。

帝を後目に政を牛耳る左大臣たる父が、亡くなるのだ。その後の内裏における騒動は、想像に難くない。

折しも、前左大臣の四条卿の失脚から間もない分、呪詛だなんだと騒然としそうだ。

それらはともかく、雅宗を筆頭に父の子である自分たちは一年間の喪に服す。出仕も、五十日の間はできぬため、帝へ理《り》に適った言い訳が立つ。

ちなみに、父の弟たる叔父が出仕できぬのは、二十日間だ。

しかし、父の死は敦頼の死も意味する。この期に及んでも、雅宗へはまだ、真実を切り出す勇気が持てずにいた。

いい加減に伝えねばとわかっているが、言いそびれて、時ばかりが経つ。

今は、そちらの問題はひとまず置いておき、さらなる『遠予見』の結果を話すべく、気を取り直した。

「斯《か》くして、御上が崩御されたのち、新しく帝位《ていい》にお就きになられますのは、皇弟であらせられる英明《ひであき》親王さまでございます」

「兵部卿宮《ひょうぶきょうのみや》さまが？」

「はい」

英明親王とは、今上帝の異母弟にあたる。母親はやはり皇室の出で、兵部省《しょう》の長官《ちょうかん》を務められている、今年三十歳におなりの皇族だ。

「ご臣下方、皆によるご意見です。…とりわけ、叔父君が推挙しておられました」

「ひとかたならぬ博識で思慮深く、情け深いお人柄の兵部卿宮さまならば、必ずや名君におなりあそばす」

「左様にございますか」

「うむ。さすがは、叔父君だ」

口元をほころばせた彼に、敦頼もつられて微笑した。

これまでも何度となく思ってきたが、叔父と雅宗のほうがよほど親子らしい。内心にて、そう考えながら、つづける。

「また、父君が強く望んでおられる、壬生家の血を継ぐ元長親王さまを立太子させる企てですが…」

「どうなるのだ？」

「叶いませぬ」

「まことか！」

「次なる東宮さまは、麗子皇后さまがお生み参らせた二の宮さまになります。即位後の英明親王さまによる勅旨です」

「ご自身にも、皇子がおいでになられるのにか？」

「その御子は、宇井家から嫁いでいらした正室がお生みになった男子ゆえ、外戚による政への口出しを避けられたようです」

「賢明なご判断だ」

まさしく聡明な方だと、雅宗は感服しきりだ。しばらくして、どこか安堵したふうな口ぶりで呟く。

「父君の野望は潰《つい》えるか」

「はい」

「ならば、妹の寛子《かんし》を入内させても、懸念はいらぬな。胸の痞《つか》えが下りた」

「わたくしも、微力なりとも義兄君のお役に立てて……よう、ござい…まし……っ」

「敦頼？」

「……………」

そこまでで力が尽きた敦頼が、ずるりと彼の膝へと崩れ落ちた。

すでに、目を開けている余力もない。全身が火照《ほて》り、呼吸も速くなっていた。主に、『遠予見』の力を意識的に使った代価だ。

異能を使いながら、帝と雅宗を相手の数回にわたる無体な交わりも相俟《あいま》って、多大なる負担を強いたせいで憔悴《しょうすい》した。

身を屈《かが》めて、敦頼の額に自らの額をつけてきた彼が舌打ちする。

「熱が！」

「……申し訳、ございませぬ…」

「それは、私が申すことであろう」

丁重な仕種《しぐさ》で茵《しとね》に寝かされ、衾《ふすま》をかけられた。敦頼の手を握った雅宗は一晩中、そばについていてもくれた。

以降、敦頼は熱と疲労のために、十日間ほど寝込んだ。この間、出仕の合間を縫って、まめに見舞ってくる彼に、想いがより募っていく。

「まだ、熱は下がらぬな。つらいか？」

「…だいぶ、ましになって参りました」

「そうは見えぬ顔色だがな」

「蔀《しとみ》を閉めているゆえ、顔血色《かおけしき》が悪くお見えなのでしょう」

雅宗は濃《こま》やかに気を配ってくれる。あの夜以後、父は敦頼の見張り役と雅宗を位置づけたらしく、彼は堂々と西の対へ訪れられるようになっていた。

それを逆手に取り、誰にも憚らずに足繁く通ってくる。

「此度は、常と比べて平癒《へいゆ》が遅いな。祈禱でもさせるか」

「いえ。直に、治りますゆえ」

「左様か」

「はい」

「やはり、心身ともにつらい目に遭うたせいであろうな」

「義兄君…」

後悔まじりに眉間を寄せた雅宗の実直さと優しさに、胸が熱くなる。反面、真実を語れずにいる己が後ろめたかった。

彼のためとはいえ、一日に使える範囲を超えて異能を用いていては、身体が回復するわけがない。

せめて、本当に平気だと繰り返すのみだ。

「我慢はならぬぞ?」

「…わかっております」

「薬湯《やくとう》は飲んでおるのか?」

「義兄君の仰せのとおりに」

敦頼は高価で珍重なる薬を、惜しげもなく与えられていた。本来であれば渋るだろう父も、今ばかりは帝への生贄を回復させせなくてはとあってか、なにも言わずにいる。

「欲しいものがあれば、遠慮なく申すのだぞ」

「畏れ入ります」

「早速だが、なにがよい？」

「急に、仰られましても…」

「のどの通りがよい果物にするか。李《すもも》はどうだ？」

「お聞きしておりましたら、食しとうなりました」

「では、明日持って参ろう」

「うれしゅうございます」

「うむ。…せめて、早う熱が引くとよいが」

敦頼の頬に触れつつ、心底、気遣わしげに雅宗が息をついた。

帝に手をつけられてしまったのちも、彼の対応は以前どおりだ。それどころか、前にも増して愛おしみが伝わってきていた。

いかに相手が帝といえど、ほかの男に抱かれた自分へ、多少なりとも隔《へだ》たりを持たれるかと思いきや、まったくなくてうれしかった。

こうして、ごく当たり前に触れ、心も寄り添わせてくる。

雅宗の愛情深さと高潔な心根に、いっそう惹かれた。けれど、帝や父のことは、敦頼にも他人事ではない。

自身の命の火が消える日も、刻々《こつこく》と迫っていた。即《すなわ》ち、愛しい人との別れも近いという意味だ。

まだ幼い敦頼を置いて逝かねばならなかった母も、胸が潰《つぶ》れるような、こんな想いだったのかと身に染む。さぞ、つらかったろうと、今、己がその時を間近にして切々と骨身にこたえた。

いくら覚悟を決めていても、心が千々《ちぢ》に揺れ動く。

最近は、初めて出会った頃からの思い出が、心中をめぐった。なにひとつ、忘れずに覚えている。

外ではできないのならばと、室内で蹴鞠《けまり》をし、襖障子を破って白露に叱られたことや、雅宗の竜笛と自分が爪弾く琴での合奏、最初に手を繋いだ日も、どれも鮮やかに心に刻まれていた。

出会いのきっかけをつくった真珠は、なにか勘づいているかのように、近頃はずっと敦頼のそばを離れない。

敦頼にとって、雅宗はすべてだ。己が生きた証ともいえる。

最愛の人と、もっと一緒にいたい。共白髪《ともしらが》になるまで彼と添い遂げたいと、詮無《せんな》き望みを抱《いだ》いてしまう。だが、それは白川家の掟に叛《そむ》く願望だ。

なにより、雅宗は壬生家の嫡男である。

父、亡きあと、雅宗が家長となるのは必定《ひつじょう》で、敦頼の存在は邪魔になるだけだろう。なんといっても、義兄弟で恋人という、誰もが眉をひそめる仲だ。

まして、心優しく誠実な雅宗は、自分がいては結婚しないかもしれなかった。しかし、一族直系の家督たる彼は跡継ぎをつくり、家を守り、次代へ確実に継いでいかねばならぬ使命を負っている。

寂しくせつないけれど、貴族としては、そう生きるのが正しい。叔父から貴族の子弟の教訓を学んだ敦頼とて、それが是と承知だった。

そのためにも、自らの死は必然だ。

「どうした。ほかに、欲しいものを思いついたか？」

「…いいえ。義兄君に見惚《みと》れていただけです」

「斯様なときに、戯《たわ》けたことを申すな」

「本心でございますゆえ」

「なお、悪い」

「え？」

「そなたの、熱で潤んだ翡翠の瞳や、やつれても濃艶《のうえん》な色香に惑わされそうな己を抑えておる私の心を掻き乱すな」

「義兄君のほうこそ、戯言でしょう」

「私が偽りを申しておらぬのは、そなたにはわかるであろう」

苦く笑って、敦頼の髪に指を絡めてくる想い人に、淡く微笑み返す。

本当に欲しいのは雅宗だとは、言いたくとも言ってはいけない。

かわりに、愛する人が主人となったあとの壬生家を繁栄させるため、彼の幸せを祈りつつ、異能を用いて、できうる限りの助力をして逝く。

それこそが敦頼にできることであり、生まれてきた由《よし》だ。

だからこそ、残り少ない存命の日々を、敦頼は雅宗が内裏で会ってきた人々について、彼に留まる思念から様々なことを『魂読』しているのだ。

実は元々、前から少しずつ、やってきてはいた。それを、今は力の限り行っているといった具合である。

たとえば、誰々はいつ亡くなる、この人は信じてよい、用心すべき人物など、雅宗の周囲にいる人間の本性を慎重に読んだ。なるたけ先の行末も視て、細かく記していった。

敦頼の死後、この書き綴《つづ》ったものを彼に渡すよう茂文へ託すつもりだ。

悲壮な決志のもと、敦頼は毎日、『魂読』と『遠予見』をしつづけていた。ゆえに、なかなか身体の調子が戻らず、床に臥せってばかりという次第だ。

もしや、ふたつの異能を使いすぎての衰弱死が、己の死のもとかもしれない。

仮に、そうであれば、雅宗には言えぬが本望だった。

「では、参ってくる」

「お気をつけて、行って参られませ」

「今宵は、ついていてやれずにすまぬ」

「わたくしのことは、よいのです」

「帰りが遅くならぬのなら、そなたの顔を見に寄るのだがな」

「そのお心だけで、充分でございます」

「そなたは、欲がなさすぎる」

今日、雅宗は出仕を終えたあと、新しく内大臣になった菅野輝資《すがのてるすけ》の邸で催される宴に呼ばれているとか。それもあり、わざわざ朝から敦頼のもとへ、知らせを兼ねてやってきてくれたのだ。

敦頼が『魂読』した限り、菅野卿は人徳者だ。叔父の雅親とも親しいと聞くし、つきあうのに申し分はなかった。年頃の娘もいる。

菅野家にとっては、ぜひ彼を婿に取りたかろう。

雅宗の婚姻にまつわる『遠予見』は、あえてせずにいた。視ようと思えば、おそらく視えるが、知っても悲しくなるだけなのでしない。

彼なら、どんな女人からも恋い焦がれられると、敦頼が最も既知だ。

本日の雅宗の衣冠は、轡唐草文《くつわからくさもん》の紫袍《しほう》に中葡萄色《なかえび》の衵《あこめ》と白の単《ひとえ》、紫緯薄共《むらさきぬきうすとも》に白の雲立涌が織り込まれた指貫で、よく似合っている。

実際、見惚れずにはいられない男振りだった。

「ゆるりと休むがよい」

「はい」

「真珠。敦頼を頼んだぞ」

枕元で丸くなって眠る白猫に、彼が磊落《らいらく》に告げる。まるで返事のごとく耳と髭《ひげ》を動かした真珠に、ふたりで笑った。

「また明日、参る」

「お待ち申し上げております」

茵《しとね》の上に上体のみ起こした敦頼の肩を、彼がそっと抱き寄せた。

唇を軽く啄むようにされ、先よりも、ほんの少し力を込めて抱きしめられる。名残惜しげに、髪を撫でてから立ち上がった広い背中を見送った。

愛しい姿が見えなくなってほどなく、ふと口ずさむ。

「君がため、惜しからざりし命さへ…」

すでに亡き、有名な歌人が詠んだ恋の歌の上《かみ》の句《く》だ。下《しも》の句は、『長くもがなとおもひけるかな』とつづく。

まさに、自身の心情をありのままに表していて、身につまされた。

雅宗のためならば、死んでも惜しくない。けれども、想いが叶った今、命が惜しくなり、末永く逢いたいと願うようになってしまった。

あたかも、敦頼の本心を見透かした和歌に、項垂れる。

雅宗は、自分は欲がなさすぎるというが、そうではない。彼に関しては、当てはまらなかった。単に、心の奥底に封じ込めているだけだ。

「……わたくしが多くを望むなど、罪深きこと…」

嘆息まじりに嘆き、迷い、思い乱れる己を戒めた。眠っていたはずの真珠が起き上がり、まるで慰めるがごとく擦り寄ってきて、小さく鳴く。その頭を撫で、透きとおった微笑みを湛えて呟く。

「真珠と会えなくなるのも、とても寂しいな」

話しかけると、金色の双眸で静かに見つめ返された。いつもどこか近しい感じがしていた色合いの瞳を眺め、囁きかける。

「わたくしがいなくなったあとは、真珠が義兄君をお慰めしておくれ」

鳴きもせず、敦頼の膝の上でまた丸くなった猫に、頬をゆるめた。

以後、気を逸らすためにも、敦頼はこれまで以上に異能を用い、雅宗に役立つ知識を遺す作業に励んだ。

やがて、敦頼が内裏へ連れていかれてから、二十日あまりが過ぎた。

この頃には、菊門の傷は癒えていた。彼に薬を塗ってもらうのは恥ずかしかったが、おかげですっかり治った。

敦頼を慮っている雅宗との交媾は、同じ日数だけない。こちらから誘うも、本復《ほんぷく》後にいくらでもと宥められた。

他方、帝からはそれを見越したかのように、召し出しがかかった。

七日ほどは、雅宗と叔父が、敦頼は臥せっているといって躱せた。しかし、十日も経つと、通用しなくなってきたらしい。その間にも、父や叔父、雅宗と顔を合わせるたび、敦頼を出仕させろと急かしてくるそうだ。

帝へ阿《おもね》る父に、雅宗は敦頼の出仕を催促されるという具合だ。

それでも放っていたら、ついに痺れを切らした帝が、父へ薬を賜《たまわ》った。典薬寮《てんやくりょう》にて典薬頭《てんやくのかみ》より調達なさり、蔵人所御卜《みうら》で現・蔵人所陰陽師に祓いをさせた仙薬《せんやく》の金液丹《きんえきたん》なる万病《まんびょう》に効く薬だそうだ。なんとも、仰々《ぎょうぎょう》しき仕儀である。

貴重な金液丹を帝に託されて持ち帰ってきた父は当然、自らは参らない。雅宗に持たせて、敦頼へよこした。薬を携《たずさ》えて西の対を訪れた彼に、そういった事情を聞いて苦笑いする。

雅宗も同じ心もちのようで、困ったふうな顔つきで言う。

「御上からの賜り物だ。服薬せぬわけにもいかぬ」

「左様でございますね」

「ありがたく頂戴《ちょうだい》いたすとしよう」

「はい」

「なれど、出仕はせずともよい。ただ、そなたは少しは元気にならぬとな」

「……はい」

「せっかくの仙薬なのだ。飲んで損はあるまい」

「義兄君、お口が過ぎるのではありませぬか」

「御上の下心が、おわかりやすうて、ついな」

痴《し》れ事を言い合いながらも、雅宗の心遣いは伝わった。彼に手を借りて、敦頼が背中を支えてもらって茵《しとね》に上体を起こす。

逞しい胸元に寄りかからされ、腰付近まで衾《ふすま》をかけられた。

「これが、金液丹だ」

「初めて見ます」

「私もだ」

雅宗が、懐紙《かいし》に包んでいた薬を取り出す。ほどいてくれた包みから、丸薬《がんやく》が出てきた。その薬を包みごと手に取った敦頼は、それが金液丹という仙薬ではなく、附子《ぶす》（鳥兜《とりかぶと》の毒）

だと察する。

「⁉」

話が違うと、密かに戸惑った。どういうことかわからず、包み紙もろとも見て意識を集中し、残っている思念を『魂読』してみた。

すぐに、事情が読める。どうも、敦頼に自身の官職を奪われると知った現・蔵人所陰陽師の妬《ねた》みによる仕業のようだ。

突然、現れて、自らの地位を脅かす邪魔者を殺すべく、祓いの際に附子とすり替えたのだ。知らずに服薬して敦頼が死んだにせよ、帝から賜った薬とあり、壬生家側はなんの文句も言えない。

事の次第を知るのが敦頼のみゆえ、なおさらだ。まさか、この企みが見抜かれるとは、思いもしていないはずである。自分がこのまま口を噤んでいれば、現・蔵人所陰陽師に疑いの目を向ける者は、まずいまい。

ここのところ、床に臥せっていたから、余計にだ。

そこを前もって考えた上での計略とすれば、見事だった。

父も別段、怒らないだろう。敦頼を蔵人所陰陽師の任に就けられなかったのは残念がろうと、違う策略をめぐらせるだけだ。

「！」

同時に、はたと思い至った。これまで、雅宗へ役立つ事柄を遺そうと慌ただしくも一心不乱に異能を使ってきて失念していたものの、本日こそが皐月朔日と気づく。

敦頼の寿命が尽きる日だ。つまりは、自分は今日、この附子を飲んで死ぬさだめなのだと悟った。

命の期限が今とわかっていても、さすがに心の整理がつかない。

遅ればせながら内心で狼狽し、包み紙を持つ手が震えた。

「どうした、敦頼?」

「あ……」

「飲まぬのか」

「い、いえ。只今…」

「うむ」

「………」

早く飲まなければと思うが、なかなか決断できなかった。

どうしても、雅宗と別れ難い。もう二度と彼の声も聞けず、触れられもせず、会えぬ事実が身に染《し》む。

やはり、ともに生きていきたい。まだそばにいたいと、望外な願いを捨て切れない。

そうした情が一気に込み上げてきて、動揺が激しくなった。

「……っ」

白川家の掟と、雅宗への想いの狭間《はざま》で、懊悩は深まる。

最期になって、自分が未練を絶ち切れぬとは意外だった。子供の頃より、己の今わの際《きわ》を知っていたゆえ、潔く死ねると考えていたけれど、現実は違った。

容易く開き直ることなど、できるはずがない。まして、敦頼の死に方は、自ら毒を呷《あお》るというものだ。

さすがに勇気が持てず、ぐずぐずと躊躇った。気後れが、なおも覚悟を鈍らせる。

その刹那、まるで警戒を滲ませたような、猫の鋭い鳴き声がした。見遣った先に、いつしか真珠が姿を現していて驚く。

金色の双瞳が、なにかを訴えるかのごとく敦頼を眺めていた。

「真珠……」

野生の動物は頭がよく、毒餌《どくえ》も見抜くという。

真珠は飼い猫ながら、どこか不思議な気色を持っている。もしかすると、敦頼の手にあるものが毒と、わかっているのかもしれなかった。

真珠の誓《いまし》めを受け、附子を見つめたまま、逡巡《しゅんじゅん》の末、ついに思いが定まった。

母の死に際し、生まれて初めて父の命令に背いて日中に外へ出たように、白川家の掟を破るほうへと思考が傾く。

いまだかつて、誰も試みたことがない、一族最大の禁忌たる行末を変える禁を犯す。

結果、どうなるか、どんな〝歪み〟が生じるかは、敦頼にもわからなかった。時の流れを変えた代償が、なんにせよ敦頼の死といった恐れもある。

それでも、ほんの少しでいいから、雅宗といたい想いが勝った。

無論、未来を変更しても、己がいつまで生きられるかわからない。けれど、たとえわずか数刻、数日だろうと長らえる見込みがあるのなら、賭《か》けてみる。その分、彼を支える手立てを異能を講じて遺せる。

もしも、命の猶予が数年できたら、雅宗にも、家長の務めで壬生家のために嫡妻を娶るべく頼む。

彼に幾人、妻がいようと、気にする立場に敦頼はいなかった。ただただ、そばにいられるだけで充分だ。

異能で陰ながら雅宗の手助けができれば、ほかに望むものはない。

一族と母に心の中で詫びつつ、自身の寿命を延ばすと決めた。

手に持っていた薬を、敦頼が包み紙ともども握りしめる。これを見た彼が、驚いたふうに顔を覗き込んできた。

「敦頼、いかがいたした?」

「この薬は、飲みませぬ」

「なに？」

「厳正に申しますと、飲めませぬ」

「なれども、飲まぬと、元気が出ぬぞ」

さすがに訝る雅宗に、だるい身で居住まいを正して向かい合った。

そんな所作だけで上がった息を整え、すべてを話すために口を開く。今まで黙ってきた秘密を、ようやく話す。

「義兄君に、お話ししたき肝要な議がございます」

「薬を飲んだあとでは、いかんのか？」

「ぜひ、今、お聞き願いたいのです」

「左様か。して、話とは？」

敦頼の真剣な様子から、由々《ゆゆ》しき事態と感じ取ってくれたらしかった。

彼も、まじめな面持ちで耳を傾けてくる。その黒い目を見て、低めた声音で言う。

「こちらは、金液丹ではありませぬ」

「では、なんだと申すのだ？」

「附子です」

「⁉」

「触れてみて、直ちにわかりました。わたくしを恨み、排除したいとお思いのお方による謀略にて、届けられたものにございます」

「…そなたを殺すのが、目的と申すか」

「はい」

「……っ」

想像を絶する事態だったらしく、雅宗が愕然と双眼を瞠った。だが、何度か深く呼吸をしたあと落ち着きを取り戻し、怖いくらいの顔つきで訊ねてくる。

「誰の仕業だ？　御上ではあるまい。まさか、父君が……？」

「いいえ」

「なれば、ほかに誰がおる」

淡々とした口ぶりの雅宗に、『魂読』の結果を伝えた。

よもやの事実を受けて物騒に唸り、内裏の蔵人所陰陽師のもとへ断罪に押しかける勢いで立ち上がりかけた彼を、敦頼が止める。

「お待ちくださいませ」

「なにゆえだ。これは明白な犯罪なるぞ！」

「されども、証拠がございませぬ。わたくしの異能は、義兄君しかご存じなきこと。蔵人所陰陽師の罪を証明するのは、難しゅうございます」

「ぬう…」

尤もな意見とわかる雅宗が、悔しげに頬を歪めた。犯人を弾劾《だんがい》したいが、そのためには、敦頼が持つ『魂読』と『遠予見』の力を人々に示さねばならない。

それは、雅宗も敦頼も、本意ではなかった。

怒りのやり場がないといった風情の彼に、敦頼がつづける。

「かのお方の罪を暴けずとも、わたくしはよいのです。今から申し上げるお話のほうが、大切でございますれば」

「そなたの命が狙われたことよりもか？」

「はい。これまで、義兄君にも語らずにきた秘事《ひじ》を、打ち明けたき所存にて」

「秘事？」

「何卒、お聞き届け願いたいのです」

「通力のほかに、まだあると？」

「左様でございます」

「わかった。聞こう」

慮外《りょがい》といったように目を瞬かせて、雅宗が腰を据えた。不審そうに首をかしげている彼へ、敦頼が思い切って話し始める。

「わたくしは、今日、本当は死ぬさだめでした」

「な……!?」

「白川家の血を引く者で、並外れた『遠予見』の力を持つ通力者は行末のみならず、己以外の人間の寿命も視えます。わたくしの母も、その異能を持っておりました。…ゆえに、物心つきし頃に母から授かった予言《かねごと》にて、わかっていたことなのです」

「…まさか、私と会ったときには、そなたは己《おの》が天寿《てんじゅ》をすでに知っていたと？」

「はい」

「……っ」

蔵人所陰陽師による敦頼を害する企て以上に、雅宗は驚いたようだった。

言葉もなく、間近に座す自分を食い入るように見つめている。異能については案外すんなりと受け入れた彼をしても、この事実は肝を潰したとみえる。

たしかに、迫りくる自らの死を知りながら、平然と暮らせる人はそうはいまい。

特異な境遇にいたため、慣れていた自身を振り返り、なおも言い重ねる。勇気づけてくれるつもりか、真珠が寄り添ってきて、そばに座った。

「ただし、臨終《りんじゅう》の日は告げられていても、どういう死に方をするかまでは、教えられぬ掟でございます。従って、今日、御上が金液丹との仰せで父君に下賜《かし》し、義兄君が託されて持ってきてくださった、実際は附子を見て初めて、わたくしは毒を飲んで死ぬのだと汲み取りました」

「………」

いまだ、どこか茫然としたまま、雅宗は無言だ。それでも、頭の中で敦頼の話を速やか、かつ冷静に整理しようとしてくれている。

そこへ、敦頼がさらに言い添える。

「義兄君もご承知のとおり、わたくしは『遠予見』と『魂読』の両方ができます。そして、代々、白川家に顕れし通力の強い異能者の中でも珍しく、『遠予見』で視えた行末を変える力も有しております」

「…ああ。以前、たしか、申しておったな」

「いかにも。さりながら、一族内において、時の流れにかかわるのは、こちらも固く禁じられた掟。この世に、〝歪み〟を生じさせぬためでございます」

「………」

「さればこそ、誰ひとり、過去に掟を破った者はおりませぬ。それでよいと、それがわたくしの運命なのだと、ずっと己に言い聞かせて生きて参りました」

「左様に過酷な運命を、なにゆえ、そなたが課せられねばならぬ？」

「わたくしも、幾度か同じことを思いました。なれど…」

そういうあきらめの中、雅宗と出会い、慕い、想いが叶って果報だった。

雅宗に会ってからの十三年間は、夢のような楽しい日々を過ごせた。しかも、心も通い合わせられた。このとき、余生はほんの二月《ふたつき》弱しかなかったが、思い残すことはないほど幸せな毎日を送った。

唯一、雅宗へ真実を黙っていたのは心苦しかったけれど、これだけはどうしても言い出せなかった。

だから、詫びの印に、彼の益《えき》になればと、異能にて知り得た事柄を認《したた》めたものを遺すつもりでいた。

そのせいで、身体の回復ができずにいたのも併せて謝り、話を戻す。

「わたくしの肉体は滅びても、魂はなくならない。永久《とわ》に義兄君のそばに在り、義兄君と壬生家を護り、壬生一族の永《なが》きの繁栄と存続を祈る存在になろうと、思うていたのでございます」

「…左様か」

正直にそう告げると、雅宗が初めて見せる怖い形相で応じた。惑う敦頼の肩に腕が回され、強引に抱き寄せられる。

「……!?」

真珠が短く鳴いて、横に飛び退いた。己の役目はすんだとばかり、御帳台から出ていく。

抗う間もなく、彼の膝の上に抱えられる格好になっていた。吐息が触れる隔たりで、睨むように両眼を覗き込まれた。

面《おもて》のみならず、雅宗の憤りが気配からも、ひしひしと伝わってくる。

日頃は、よほどの事由がない限り、彼の許可なしに『魂読』はしない。今が、それに当てはまるにせよ、怒りの凄まじさに、異能を揮うどころではなくなった。

常が穏やかで、本気で怒られた記憶がないだけに、たじろぐ。

平生、柔和な人を激怒させてはならぬと省みながら、どうにか思案した。

おそらく、自らの身勝手さに巻き込んだことが所以と見当をつける。再度、敦頼が詫びる寸前、雅宗が稀なる不機嫌そうな声で告げる。

「私が怒っているのが読めるであろう」

「……はい」

「なにゆえか、わかるか?」

「それは…」

こんなにも大事《だいじ》な事情を長年、秘密にしていたせいか。もしくは、やはり自身の恋情に負けて、本来は拒むべきだった彼の手を取ってしまった心の弱さか。

胸中でうろたえる傍ら、どちらだろうと思う敦頼に、雅宗がもはや待ち切れぬとばかりに、厳しい口調で言う。

「そなたを喪《うしの》うては、私も生きていけぬとは考えなかったのか」

「……っ」

「愛するそなたがおらぬ世に、なんの意味がある? 私の生きる糧《かて》は、そなた、ただひとり

なるものを」

「‼」

「そもそも、私に一言の断りもなく死ぬなど、言語道断だ。努々《ゆめゆめ》、許さぬぞ！」

「……義兄君…」

「それでも死ぬと申すなら、私が白川家と話をつける。あの世へ行った折には、祖先へも申し開きをいたすゆえ、行末を変えてはならぬとの掟を破るがよい。そなたは私とともに、今後も生きるのだ！」

「い、いえ。あの……義兄君。どうかお気を鎮めて、最後までお聞きくださいませ」

「なにをだ？」

地を這うような声音の雅宗の男らしい頰を、おずおずと手を伸べて撫でた。

もう片方の頰も宥めるように触れつつ、敦頼は必死に訴える。

少し前までは、宿命どおり死ぬつもりでいた。けれど、終始、心にかかりつづけた雅宗との死別が耐え難かった。

愛する人を置いて身罷《みまか》る決心がどうにもつかず、そばにいたい一心で、己の未来を変える掟破りをすることにしたと言い募る。

その途端、彼が一転して、常の穏やかな状態を漂わせ始める。

「まことか？」

「はい」

「それを先に申さぬか」

「申し訳ございませぬ。さりとて…」

「ん?」

まだ、なにかと眉をひそめた雅宗に、敦頼が躊躇いながら説く。

禁忌を犯せば、自身になにが起こるかわからない。数刻か数日しか延命しないかもしれないし、最悪、代償は死かもしれない。

あるいは、通力を失い、今までのように、雅宗の役に立てなくなるやもしれぬと話す。

もしも死を免れても、異能を持たぬ己では無益だ。そんな形で生き長らえては、雅宗にも迷惑をかける。

父から捨て置かれ、ものの数にも入れてもらえなかった敦頼は、自らの存在意義は通力のみと思い込んでいた。そうではないとわかる年齢に至らぬうちに、母を亡くしたための悪しき名残である。

徐々に俯いていった敦頼の顎を、大きな手がそっと持ち上げた。愛おしい黒い両眼と目が合うやいなや、強い力で抱きしめられた。

「義兄、君……?」

「さきほどから思うておるが、肝心な私の想いを、なにゆえ読まぬか」

「さすがに、お許しなく『魂読』は、いたしかねます」

「許可は、とうの昔に出したはずだ」

「そう仰せられましても、やはり…」

逆の立場になって考えれば、あまりいい気はしない。始終、思考が誰かに読まれているのではない、落ち着くまい。

困り顔で言い訳しかけた敦頼に、雅宗が真顔で告げる。

「では、申す。しかと聞くがよい」

「え」

「私が欲しいのは、通力などではない。そなただ」

「……っ」

「もしも、そなたがなんの通力も持たぬ只人《ただびと》であろうが、髪と瞳が今の色と違っていようと、たとえ同腹の兄弟であったとしても、そなたがそなたである限り、私は壬生敦頼という男に必ずや恋する。そなたは、違うと申すか？」

「…いいえ。いいえ！　わたくしも、義兄君ゆえに、来世も、そのまた次の世も、何度生まれ変わろうと、お慕い申し上げます」

「そういうことだ」

「あ……」

「よいか。以後、私とそなた自らの心意を、心得ておくように」

「はい」

異能はかかわりない。むしろ、敦頼だから愛しているのだと、当然のように断言されて、熱いものが込み上げてきた。

不安になったら、遠慮なく訊くか、『魂読』しろとも言うから、なおさらだ。

止《と》め処《ど》なく惹かれていく心を見透かしたのか、雅宗が端整な顔を傾けて、唇を合わせてくる。敦頼も両腕を彼の首筋に絡めて、引き寄せた。

潤んだ双眼を閉じて受け入れ、ひさしぶりのくちづけを、しばし堪能する。

敦頼が息を弾ませたところで、彼が笑って顔を離した。片腕に敦頼を抱いたまま、敦頼が手にしていた附子を取り上げて、包み紙ごと近くにあった火鉢《ひばち》にくべる。

「…よいのでしょうか？」

「かまわぬ。御上と父君には、飲んだと申せばすむ。私の対であずかっている残りの分も、処分いたす」

「お願いいたします」

多少、赤らんだ頬で微笑んでうなずき、頼む。とりあえず、手持ちの全丸《ぜんがん》を焼き尽くしたときだ。

雅宗の側近たる茂仲が、茂文の制止も聞かずに、大慌てで室内へ駆け込んできた。

抱えられた己の姿に敦頼も焦るも、雅宗は落ち着き払って訊ねる。

「どういたしたのだ、茂仲？」

「い、一大事でございます。大殿さまが…っ」

「父君が、いかがいたした」

「母屋にて、急に胸を手で掻き毟《むし》られるように押さえられて、お苦しみ出され、お倒れになりました！」

「……っ」

思わぬ知らせに、さすがの彼も息を呑んだ。敦頼を抱く腕に若干、力がこもる。瞬時、ふたりで目を合わせてから、頰を引き締めた。

驚くべき胆力《たんりよく》と早さで気を取り直し、動揺する茂仲になおも問う。

「医師《くすし》は？」

「はっ。急ぎ、呼びに参らせております」

「母君と孝雅《たかまさ》は、いかがいたしておる？」

「北の方さまと弟君へも、別の者がお知らせいたしましたゆえ、すぐにも大殿さまのもとへ、おいでになられるかと」

「左様か。直ちに、右大臣にも使者を遣わすのだ」

「では、わたしが参ります」

「迅速に、だが、内密に右大臣へのみ伝えよ」

「御意」

「私も、母屋へ参ろう」

叔父を呼んでこいとの指示を受けて、茂仲が慌ただしく去っていった。

雅宗は敦頼を茵《しとね》に寝かせ、衾《ふすま》をかけてくれて、険しい面持ちで述べる。

「聞いてのとおりだ。仔細は追って知らせる」

「わたくしのことは、お気になさらず。義兄君はどうぞ、お母君のそばにいらして、お慰めして差し上げてください」

「うむ」

茂文とともに、雅宗を送り出した。驚愕する彼らと異なり、敦頼はほとんど動じていなかった。

今日、父の命が尽きると知っていたせいだ。

家長の大事《だいじ》に、茂文もうろたえていた。助かると嘘はつけず、息災を祈ろうと宥めて下がらせ、ひとりになったあと、もの思いに耽《ふけ》る。

今さらながらに、父と己が死ぬ日が同じなのは、なんの偶然だろうと考えた。

いまだ、死に方もわからない。それに、自分は自らの行末を変えた。

どんな代価を払うようになるか、そちらも気がかりだった。なにか異変が起こらぬか、固《かた》唾《ず》を呑んで気構えている敦頼へ、襖障子の外から茂文が声をかけてきた。

「敦頼さま、お加減はよろしいですか？」

「ああ。どうかしたのか？」

「客人がおみえなのですが、お会いなされますか？」

「わたくしに、客人⁉」

雅宗と叔父を除けば、敦頼を訪ねてくる者などいない。なんといっても、表立って世間には知られぬ身だ。

訝しく思っていると、茂文がつけ足す。

「はい。月草と申される女人の方でございますが、いかがいたしましょう」

「月草？」

なんとも懐かしい名を聞いて、おもむろに半身を起こした。

それは、かつて母の輿入れと同時に、白川家からついてきた女房だ。母の死後、父によって壬生家を追い出されて以降、白川家へ無事に戻って奉公できたか否か、密かに気になっていた。

「お身体の具合が優れぬと申し上げて、お帰りいただき…」

「いや。すぐに、通してくれるか」

「よいのですか？」

「かまわぬ」

「御意」

茂文は、月草を知らない。敦頼とは、彼女がいなくなってからのつきあいだ。ほどなく、月草が茂文に案内されて室内にやってきた。当たり前だが、覚えている面影《おもかげ》よりも年を取っている。

客人と敦頼に茶を供して、茂文が静々と下がった。

目尻に年齢を重ねた皺《しわ》を刻んで微笑んだ月草が、敦頼のそばに座って一礼する。

「大変ご無沙汰いたしております。敦頼さま」

「久方ぶりだな」

「なにやら、お邸が大変そうなときにお伺いいたしまして、申し訳ございませぬ」

「いや。気にせずともよい」

「お心遣い、ありがたく存じます」

家でどんな変事が起きようと、敦頼が呼ばれ、加わることはない。悩ましいが、それが壬生家における自分の待遇だった。

苦悩は微塵《みじん》も面に出さず、笑みを湛えてつづける。

「ところで、月草は元気でいたか?」

「はい。敦頼さまも、お健やかにお育ちになられたご様子にて、安堵いたしました。…今は、通力をお使いになられたあとでございますね」

「……うん」

「ずいぶん、おやつれのようですが？」

「…いつもと同じであろう」

「お隠しあそばそうとも、月草にはわかります」

取りつくろおうとの努力は、無駄に終わった。母や自分ほどではないが、彼女も些少の通力を持つ。

ごまかすのは難儀とあきらめ、真実を白状する。

「ここのところ、毎日、『魂読』と『遠予見』をしていてな」

「左様なご無理をなされば、こうおなりになるのは、おわかりでしょうに」

「すまぬ…」

母の女房かつ敦頼の養育係で、優しくも厳しかった月草が相手だと、子供の頃に戻った心地になる。

しばらく小言を言われたのち、あらためて訊いた。

いわく、壬生家を追われたあと、現在も白川家に仕えているらしい。ならば、自分が一族の掟を破ったことを伝言しようと思った折、一瞬早く、彼女が小袖の懐《ふところ》から古びた文を取り出し、差し出してきた。

なんだと首をかしげて、敦頼が問いかける。

「これは?」

「沢子さまが、敦頼さまに宛《あ》てた文でございます」

「母君が⁉」

「お亡くなりになられる数日前に託され、おあずかりいたしておりました」

「そのような頃から…」

「はい。こちらの文を今日、この刻限に、敦頼さまへお渡しするようにと、ことづかっていたのでございます」

「……なにゆえ、母君は左様な…」

不思議なことをする母を不審に思いながらも、文を受け取った。

久々に見る母の文字へ、目を通す。読み進めていくうちに、敦頼は此度の顚末《てんまつ》に驚く一方で、納得もいった。

母には、敦頼がいずれ、行末を変えるのが視えていたとある。考えずとも、強い『遠予見』の力の持ち主たる彼女なら、当然といえた。

ただ、視えた内容が、よりにもよって白川家の掟を破る将来とあり、話すに話せなかったとか。

しかも、息子の生命にかかわる事態なので、母としてはそちらを先んじたという。

一族の誰も足を踏み入れなかった未知なる領内へ行く我が子の身に、なにが起こるか。どういう未来が待ち受けているか、母は知っていた。

知っていて、あえて吾子《あこ》の選択を戒めぬと決めたらしかった。

問題は、敦頼が行末を変更したがために生じる代償だ。その代価は、敦頼と最も近しい直系親族との『暦数引替《れきすうひきかえ》』が行われると書かれてあった。

「暦数、引替……?」

端的に言うなら、暦数、つまり寿命を取り換えるとの意味だ。

初めて耳にする言葉に当惑しつつも、先を読み、了解できた。

即ち、敦頼の母はすでに亡くなっており、同腹の兄弟も、未婚なので子もいない。

よって、敦頼にとって一番近い血縁者であり、直系親族たる父の余命と、敦頼の命が引き換えられたわけだ。

要は、とある陰陽師が、別の陰陽師にかけた術が撥《は》ね返された『呪詛返り』のようなものかと案じる。

父は本来であれば、六十八歳まで生きるはずだった。

しかし、敦頼が掟を破って行末を変え、己の寿命を延ばしたため、三十九歳で死ぬことになった。

敦頼は、己については『遠予見』ができない。

父の死にまつわる詳細も、敦頼自身が深くかかわっていたから、どういった死に方をするかは不明で、亡くなる日だけが視えたのだろう。

父と自分が同じ日に死ぬとの所以も、これでわかった。言い換えれば、敦頼がさだめに逆らっていなかったなら、父は死なずにすんだのだ。

「……わたくしの、わがままのせいで、父君は…」

なんとも言えぬ心もちで、敦頼が悄然《しょうぜん》と呟いた。そんな敦頼を励ますよう、月草がやんわりと先を促す。

「敦頼さま。最後まで、お読みくださいませ」

「え?…うん」

急かされて文に目を戻すと、『そなたが生まれて以来、これまで、敏雅さまがなされてきた仕打ちを顧みれば、相応のさだめなのだと、母は思います』という一文で、締めくくられていた。

まるで、母が亡くなって以降の出来事も、含んでいるようだ。

そこに至り、ふと考え至る。敦頼が一族の掟を破るのも視えていたのだから、己が死んだあと、我が子がどんな人生を歩むかも気がかりで、視ていてもおかしくない。

そうだとすれば、先日の帝との一件も承知だったろう。異母兄たる雅宗と、禁断の恋人であるのもだ。

父については、母の慰めで多少は救われた。反面、雅宗のことはどうにも恥ずかしくて、自ずと頬が熱くなる。

追い打ちをかけるかのごとく、月草が言う。

「こちらの若君に大切にされておいでと、僭越ながら、沢子さまの分までお確かめできて、月草は安心いたしました」

「……っ」

「沢子さまは、遺していかねばならぬ敦頼さまの前途に、ひとかたならず、心を痛めておいででした」

「…この形《なり》ゆえな」

「それもないとは申しませぬが、ひとえに、白川一族史上、非凡で稀なる異能を持つためにございます。なればこそ、見目どころか異能すらをも気に留めず、敦頼さまご自身をひたすら慈しまれるお相手が現れることを、そのお方がどなたであろうと、涙してよろこばれていらっしゃったのです」

「母君……」

「どうか、おふたりで、お幸せにおなりあそばしませ」

「……まことに、母君はわたくしの罪を許してくださると?」

「贖罪《しょくざい》は、もう充分でございましょう」

「月草」

「これまで、どれだけの憂き目に遭われたか。もとより、敦頼さまが罪人ならば、此度の神《しん》変《ぺん》とも申せる事態は、起こるはずがございませぬ」

「なれど、わたくしは掟を…」

「それに関しましても、白川家の現・家長より、事情を斟酌し、お咎《とが》めなしとの伝言を言いつかって参っております」

「……」

「沢子さまのご両親、敦頼さまの祖父君と祖母君も、心安らいでおられました」

「…左様か」

母が『遠予見』にて、視えていた未来なのだ。白川一族のほかの力が強い異能者が、知らぬわけがなかった。その人々にも、いろいろとわかられていると思うと、余計にいたたまれなくなる。

しかし、幼い頃に数回だけだが会った祖父母の愁眉《しゅうび》が開けたのなら、よかった。そう考えている敦頼へ、月草がつけ加える。

「やはり、さすがは沢子さまの御子が、お選びになられたお方です。この月草も、申し分なきお人柄の殿方とお見受けいたしました」

「っ……」

案の定、月草も雅宗との仲は承知とみえる。顔を合わせたこともないのに、ひととなりまでわかっているらしくて、面映ゆかった。

月草は『魂読』や『遠予見』の異能はないが、勘が異様に鋭い。

いつか雅宗を紹介できたらと思う敦頼へ、彼女がしみじみと語る。

「敦頼さまは、誰よりも切々《せつせつ》と感じておいで0でしょうが、人の命は、儚くも短きものにございます」

「……うん」

「殊に、敦頼さまにおかれましては、閉ざされし過酷な世界にてお育ちになられました。かの若君とは、斯様な中にて出会われた数奇な縁《えにし》なのです。どのような理《ことわり》があろうとも、あのお方のお手を離してはいけません」

「…わたくしが、左様なことをしても、よいのだろうか」

「もちろんでございます。なんと申しましても、若君と敦頼さまはお似合いだと、月草は信じておりますよ」

「……ありがとう」

「若君のほうが敦頼さまにご執心で、手放すおつもりはなさそうですけれど」

「つ、月草っ」

「沢子さまが亡くなられて以後、辛苦なされた分、存分に愛されるとよろしいのです」

「もう、承知したゆえ！」

戯言めいた進言に恥じらい、月草を制した。まるで、黄泉《よみ》から母が伝えてくれているようで、心が温かくなったのも否めない。

その後、しばらく話したのち、月草は暇《いとま》を告げた。

「それでは、わたしはこれにて失礼させていただきます」

「今度は……わたくしが、月草に会いに参ってもよいか？」

「お待ち申し上げております」

「いつとは、しかと申せぬが、必ず参る」

「はい。若君もご一緒でしょうから、今から楽しみでございます」

「……っ」

ひとりで行けると言い返せないのが、どうにも恥ずかしかった。

幼い時分を知られているのは困ると弱りながらも、さほど嫌ではない。

「では、また会おう」

「敦頼さま。どうぞ、お身体にお気をつけてください」

「月草も」

肯んじた月草が対を出て、去っていく。彼女が帰ったあと、あれほどだるかった全身が、なんとなく軽くなった気がした。

父との『暦数引替』が、なされたせいもあるだろう。

月草と別れて、いかほど経った頃か。医師の訪いの甲斐なく、父が息を引き取ったと茂文が沈痛な面持ちで知らせにきた。

「たった今、大殿さまが亡くなられたそうでございます」

「…左様か。おそらく、なにかと忙しくなろう。わたくしのことはよいから、そなたも、白露ともども、茂仲を手伝いに参ってはどうだ」

「御意」

「今宵は、そのまま休んでよいゆえな」

「お気遣い、畏れ入ります」

茂文が申し出る前に敦頼が言ってやると、深々と頭を下げられた。

静けさが戻った室内で、再び、茵《しとね》に身を横たえる。

母の文のことや月草の訪問、父の死についてなど、様々に思考した。途中で、ふらりとやってきた真珠を、眼を細めて撫でる。

「真珠のおかげにて、心が決まった。…正直、まだ迷いはあれども」

それでいいのだというように、真珠が顔を摺《す》り寄せて甘えてくる。そうこうしていたら、いつの間にか、時が過ぎていたらしい。

ほとほとと妻戸をたたく音に、敦頼は気がついた。

起き上がって単《ひとえ》を羽織り、衾《ふすま》を抜け出て襖障子を開ける。西廂《せいそう》を通り、妻戸の掛金を外すと、どことなく疲れた顔つきの雅宗が立っていた。

「義兄君」

「入ってもよいか」

「どうぞ。入らせられませ」

「真珠もおったのか」

「徒然《つれづれ》を慰めてもらっておりました」

「助かるが、猫によいところばかり持っていかれておる気がするな」

雅宗を出迎えると、敦頼についてきていた真珠は、彼と入れ替わるように出ていった。

ふたりで御帳台に行き、茵《しとね》の上に座す。直衣姿の胸元へ、常のごとく、もたれかからせようとする長い腕を、控えめに押し返した。

近頃、ずっとといえど、寝乱れた周辺を整えながら、敦頼が言う。

「しどけなき様にて、申し訳ございませぬ。只今、片づけを」

「かまわぬ。それより、寝ておらずによいのか?」

「はい。少しく、楽になりました」

「左様か」

父が亡くなったばかりで慎みがないと苦く笑うも、元気を取り戻しつつある敦頼に、雅宗はうれしそうだ。

整頓《せいとん》はしなくともよいというふうに、腕の中に抱きしめられた。

これから、葬儀、火葬、後《のち》のわざ、後々《のちのち》のわざ、七七日《なななぬか》などの行事がつづく。

心身ともに疲労が蓄積していきそうな彼を、いたわってあげたいと思っていると、低い声が告げる。

「明日より、しばし、こちらへは参ることが叶わぬやもしれぬ」

「心得ております」

「そうであった。そなたは、母御の葬儀を経ておったな」

「はい」

もし、敦頼が望むのであれば、息子として諸々の行事に出席するかと訊かれた。しかし、体調が本復し切れていないところに、慣れぬ人と会うのは避けたい。この姿形で、人前に出るのも、心の備えがいる。

素直にそう言うと、彼は尤もだと快諾した。

左大臣の突然の逝去は、翌日には内裏にも知れ渡った。親族は各々定められた服喪期間に入り、敦頼の思惑どおり、出仕の話はうやむやになる。

喪に服す間、出仕できぬ雅宗にかわり、早く喪が明けて出仕した叔父が、うまく立ち回ってくれているそうだ。

父の死で空いた左大臣職は、敦頼と雅宗の祖父たる家雅《いえまさ》が、太政大臣を兼ねて就くことになったと聞いた。父とは異なり、穏当な人柄の上、先帝の信頼が厚いところが返り咲きのいわれとか。

嫡男の死に気落ちする父親が悲しむ暇《ひま》を与えまいと、叔父も根回ししたらしい。普段の行き届いた交際が、ものを言ったに違いないとの雅宗の見解だ。

やがて、喪葬《そうそう》にまつわるすべての儀式が終わったのち、雅宗とゆっくり話す機会ができた。宵の頃、喪服である鈍色の直衣姿で西の対を訪れた彼は、少し痩《や》せていたが、威厳が増したようで頼もしく見える。

知らせが遅くなったと前置きし、言われる。

「そなたはすでに承知かもしれぬが、医師が申すには、父君は心臓《しんのぞう》の病《やまい》でご薨去《こうきょ》された」

知らなかったので、双眼を軽く見開いた。敦頼が己の行末を変えたため、暦数引替という特異な事由で命を落とした父だ。

どういう死に方をするか長年、不明だったが、思わぬ物病《ものやみ》に驚いた。

「…心臓が、お悪かったのですか？」

「いや。私も、存じ上げなかった。医師によれば、俄に病《や》みつく次第もあるゆえ、それだろうと申していた」

「……っ」

「敦頼？」

知らず、敦頼は己の口元を両手で覆っていた。

訝る雅宗へ断り、敦頼は彼の腕から、いったん抜け出す。

室内の隅に行き、二階棚《にかいだな》に置いてある文箱にしまっていた母の文を取り出して持ってきて、手渡した。月草の話も併せ、事のあらましを説明する。

読んだ文を丁寧に置き、話を聞いた雅宗が、敦頼と向き直った。

おもむろに、額同士をつけて、翡翠の瞳を覗き込んでくる。蒸栗色の髪も撫で、やわらかく微笑んで言う。

「文にて、母御が申しておるとおりだ。白川家の主人の沙汰も然り」

「義兄君…」

「此度の顚末は、父君ご自身が招かれた災厄《さいやく》と、私は考える。父君の来《こ》し方《かた》に対する結果であり、行いをあらためようとなさらなかったがゆえの、さだめだと。そなたが掟を破らずとも、おそらくは、いつか別の災いが降りかかったやもしれぬ」

「…そうでしょうか」

「風聞《ふうぶん》では、左大臣に昇る以前より、かなりの恨みを買われていたそうだ。酷なことを申すようなれども、父君に不当なる扱いを受けた貴族らによる呪詛にて、遅かれ早かれ、呪い殺されてもおかしくなかったろう」

「左様でございましたか」

「さすれば、そなたが気に病むことはない」

「……はい」

母の文、月草に次ぎ、雅宗の慰めにも心が凪いだ。どんなに達観ぎみの性質とはいえ、人の死が絡んだ問題である。

さすがの敦頼も、きっぱりと潔く受け止められずにいた。けれど、ようやく罪の意識が、さきほどまでより薄らいだ。

「それより、訊ねたいのだがな」

「なんでございましょう?」

「そなたの今後についてだ」

「え?」

「父君がお亡くなりになった今、もう、ここでの幽閉生活をそなたに強いる者は誰もおらぬ。次代の壬生家の家長は、私だ。その私は、そなたの望みをなんでも叶えてやりたいと思うておる。以後、どうしたい?」

「どうと……申されましても…」

唐突な問いを投げかけられて、敦頼が困り果てる。

父の死と同時に、繋がれていた見えぬ鎖《くさり》もなくなったのだと今頃、気づいた。

生まれて初めての自由が与えられたはずなのに、なんとも心細い。悩む敦頼に、雅宗がさらに述べる。

「もし、そなたが希望いたすのなら、元服してもよいのだぞ」

「元服…？」

「左様。晴れて成人となり、壬生家の者として周囲に認めさせる。…御上、ご崩御後の話になるが、叔父に頼めば、相応しい官職にも就けてもらえよう。力強い後ろ楯にも、なってくれるであろう」

「………」

これまでの二十年間、父に奪われていたものを取り戻すときが来たのだ。力の限り援助すると、彼がまじめに告げた。

考えたこともないものの、せっかくの情けとあり、敦頼も懸命に案じる。

しかし、いくら思案するも、行き着くのは同じ結末だった。雅宗の親切に報えず、申し訳なく思いつつも、本心を語る。

「わたくしが、望む今後は…」

「ん？」

「今までどおりの、暮らしでございます」

「なに？」

意外そうに凜々しい眉を片方のみ上げた彼へ、真剣に答える。伝えなくてはならない事柄は、たくさんあった。

「わたくしは通力を持つゆえ、数多の人とかかわると疲れます。義兄君や叔父君など、限られた人々としか交わってこなかったので、人怖じもするでしょう。まして、この見目は内裏にても目を引きそうで、気が引けるのです」

「うむ…」

「それに、なによりも」

「敦頼？」

「義兄君のためだけに、生きていきとうございます」

「！」

「義兄君を愛すればこそ、長らえた命です。ほかに、わたくしがこの世に在る意味はありませぬ」

「……っ」

「されば、これまでのように、静かに暮らさせてくださいませ。ただ、時折、外へ出るのをお許しいただければ幸いに存じます。亡き母の女房・月草を訪ねたり、義兄君と出かけてみたいので……す⁉」

敦頼の言葉を遮る勢いで、雅宗が抱きしめてきた。

強い腕の力を感じながらも、幾日ぶりの懐抱《かいほう》だろうかと、うっとりする。

焚き染められた白檀の香を胸いっぱいに吸い込み、敦頼も広い背中に両腕を回して抱き返した。

満ち足りた気配をまとわせた彼が、耳元で囁く。

「うれしきかな」

「え?」

「実を申せば、私もそなたを、もう誰にも見せとうなかったのでな。元服、出仕は、本音では嫌であったのだ。そなたの髪をこうして梳いたり、指に絡めたりできぬようになるのも、本意でない。…今回ばかりは、心の内を読まれずに助かった」

「左様でございましたか。なれど、義兄君」

「なんだ」

「さきほど、ご自身でも仰せでしたが、義兄君は壬生家の家長です」

「ああ」

「父君、亡き今、早う、ご結婚なされて跡継ぎをもうけられ、壬生家を次代へ継いでいかねばなりませぬ」

それが、名門上級貴族の宿命だ。その家に生まれた以上、敦頼もわきまえている。

雅宗が婚姻すれば、自分は邸を出なければなるまい。別に、かまわないし、当然のことだとつづけた敦頼の両頬が、不意に大きな手で包み込まれた。

微笑を浮かべた彼が唇を啄んだのち、堂々と述べる。

「結婚はせぬ」

「義兄君！」

「正しくは、女人とはな。私の北の方は、そなただ。敦頼。世間には、左様に申す」

「な、なにを仰っているのです⁉」

「そなたが私の嫁で、正妻だと申しておる」

「そのようなことではなく…っ」

家の存続がかかった大事《だいじ》な話だと、声を強めた。

だいいち、子供はどうするのかと訊ねる。敦頼がいかに望もうとも、男に子は産めない。

そうたたみかけるも、雅宗は焦った様子も見せず、淡々と答えた。

「家督は弟・孝雅の子に継がせればよい。なかなかに、賢しき子だ。いざとなれば、叔父君の子も何人かおられる。壬生家の血は絶えぬゆえ、懸念はいらぬ。我らは、子ができぬ夫婦でよかろう」

「なれども…」

幸い、敦頼を知る人間はほぼいない。これからも人前に出ぬのなら、なお都合がよかった。

雅宗が北の方を迎えたと知られても、相手は白川家の者と返答すればいい。なにせ、嘘ではなかった。

白川家へのとりなしは、月草にうまく計らってくれるよう頼む。

本当にそれでいいのか心底、迷う敦頼に、彼が真摯に告げる。

「二月前《ふたつきまえ》、禁断なる秘めし想いをそなたに打ち明ける折、もしも想いが通じ合うたならば、私は生涯、そなたしか愛さぬと、朧月夜《おぼろづきよ》の櫻花《おうか》の下《もと》にて月読尊《つくよみのみこと》に誓った」

「……っ」

「月の神との誓いを、破るわけにはいかぬ」

「されど、兄弟で愛し合うほうが罪深く、神の罰《ばつ》が下りませぬか」

「そのときは、私がそなたの分まで天罰を受ける」

「いいえ。わたくしも同罪にて、義兄君とともに咎めを受けます」

そこまでの覚悟を決めていた雅宗の真意を知り、感動した。敦頼とて、彼への想いは変わらない。

一生、離れず、ついていくと、あらためて腹を据えた。

そんな敦頼へ、雅宗が苦笑を湛えて言う。

「一蓮托生《いちれんたくしょう》か。もとより、私の心は初めて会うたあの幼き日から、そなたに捕らえられてしもうておる。もう、そなた以外の誰にも、恋い焦がれることはできぬほどにな」

「わたくしとて、義兄君だけを…！」

長きにわたって慕ってきた上、ほかの人は考えられないと返しかけた唇を、彼の指が『黙って』というふうに押さえた。

その指で下唇をやんわりなぞりつつ、厳《おごそ》かな声音で宣言する。

「ゆえに、そなたは以後、ただひとりの伴侶《はんりょ》として、私のそばにいてくれ」

「義兄君」

「よいな?」

「……仰せのままに」

泣き笑いの面持ちで敦頼がうなずくと、今度は深く吐息を奪われた。

口中に彼の舌が入り込んできて、心地よい箇所を次々とつつかれる。最後には敦頼の舌も搦め捕られ、根元が痺れるまで吸われつづけた。

息苦しさに眉を寄せた刹那、察したと思しく顔が離される。

鼻先をつけたまま、雅宗が笑みまじりに述べる。

「三日《みか》の夜の餅《もち》を、白露に用意させるか」

「お戯れを…」

「妻を娶るのだ。作法は守らねばなるまい。ならわしに従い、今宵より三日の間はこちらに通う。三日目に餅を食し、めでたく夫婦となろうぞ」

「義兄君、喪中でございま……っんん」

喪が明けてからでもよくはないかと言いかけたが、再度のくちづけで、甘い溜め息にすり替わった。

敦頼が羽織っていた単《ひとえ》が畳の上へ敷かれた茵《しとね》に落ち、その上に優しく押し倒される。

覆いかぶさってきた彼の手が、敦頼の寝衣たる白い小袖の裾を割り、太腿を撫で回し始めた。

「んう…ぅ」

「いつとても、吸いつくようなしっとりした肌だ」

それも束の間、両脚の狭間《はざま》に触れられる。

男根を握り、隅々まで弄るのみならず、先のほうを親指の腹で擦ったり、爪を食い込まされて身じろいだ。

深く重なっていた唇をどうにかほどき、嬌声を漏らす。

「んあっ……あぁあ……そ、こは…っ」

「かなり間を置いての契りゆえな。すべてに、常よりも時をかけねば」

「っふ…ん……義兄、君……ぁ」

「そうであった。夫婦になるのだ。呼び方も、相応にしてもらおう」

「そ……あぅう」

器用な雅宗は、なおも陰嚢を弄び出す。故意か偶然か、長い指が菊門をかすめるたびに、敦頼は身を震わせた。

彼の巧みな淫戯にて、敦頼の男根はすでに張り詰め、淫蜜を滴らせている。

極める先触れで出る恥ずかしい蜜だ。それを棹全体に塗り込めるような仕種がまた、羞恥と愛欲をそそった。

しかも、気づけば、小袖が脱がされてしまっていた。

裸を目の当たりにされるのも久々ゆえ、恥じらいで頬が紅潮する。

いつまで経っても、もの慣れぬ様が愛らしいと、雅宗が双眼を細めた。そうして、朱色に染まった眦を吸いながら、囁く。

「雅宗と、名を呼んでくれるか」

「義兄、君…っ」

「もしくは、『殿』で」

「……追々で、よろしけれ…ば……雅宗殿と」

「今すぐにと申したきところなれど、仕方あるまい。長年の習いだ。待つとしよう」

「は、い…」

敦頼の返事を受けて、彼が身をずらした。男根を口に含もうとしていると悟り、自分もと直衣の袖を摑んで懇願する。

「わたくしも……義兄君の、摩羅に……奉仕させて…ください」

「かまわぬが、あまり無理はいたすなよ?」

「無理が…できる、ほど……上手では、ありませぬ…」

「左様なところも、愛おしいのだ」

快諾と気遣いのあと、雅宗も手早く装束をすべて自ら脱いだ。

普通は眠るときさえ外さぬ烏帽子も、敦頼と交媾し、共寝する際は必ず取る。敦頼のそばだと本心から気が休まるせいと前に言われて、とてもよろこばしかった。

今後は、これまで以上に、彼を癒せる存在になれればいい。

異能を用いて知り得たことを書き綴っていた遺言がわりの紙も、渡さねばならない。

そう思っているところへ、敦頼とは比べものにならぬ逞しい裸体があらわになった。目のやり場に困るも、己同様、半ば芯を持つ摩羅に、うれしくなる。

確かな愛情も伝わってきて胸を弾ませつつ横たわる敦頼のそばへ、雅宗が側臥《そくが》で寄り添ってきた。敦頼の身体も、横向きにさせられて向かい合う。

もちろん、眼前には立派な摩羅があった。恥じ入るより先に、彼の開いた脚の腿を枕にするような姿で頭を置かされる。逆も、然りだ。

「あ、義兄君……斯様な…っ」

「そなたが楽な格好がよいかと思うてな」

「そ……」

「この構えだと、各々の大腿を枕にできて、首が疲れずにすむであろう。そなたの上がっているほうの片脚は、私が支えていてやるゆえ」

「……っ」

「そなたは、ほどほどにな」

「は……あっあ、ん…ぁ」

早速、雅宗が敦頼のものを銜えた。最初は、先の部分を優しく噛むとか、尖らせた舌を孔《あな》に入れるとか、吸い上げるなどされる。

それと同じくして、敦頼の菊門に、唾汁で湿らせたらしき指が忍んできた。周りへ丹念に触れて力みをなくさせ、頃合を見計らって指先を入れてくる。

前と後ろ、両方を一度に嬲《なぶ》られて、身をくねらせた。

「あ、あ…っふ……んんっ」

自身だけ快くなるのでなく、彼も心地よくさせねばと、己を激励する。まだ、完全に勃ち切っていない摩羅を、口の中に迎え入れた。なれど、いつもながら大きすぎるゆえ、すべてはおさまらない。

つけ根付近や陰嚢は、手を使って揉んだ。拙い手つきだが、必死に雅宗を真似て悦予《えつよ》を引き出すべく踏ん張る。

ところが、菊扉を易々と打ち破ってきた彼に、内壁を可愛がられて動じた。

しかも、どうにも感じずにはいられぬ弱い箇所を念入りに指が突き、捏ね回す。さしもの敦頼も濫吹どころではなくなり、摩羅を口から出して喘いだ。

「ゃ、ん……義兄君っ……しばし、おやめ…を」

「ここをほぐしておるのだ。やめるわけには、いかぬな」

「なれ、ど…ぅ」

「恍惚となるほど心もちがよいなら、上々《じょうじょう》。そなたは、そのまま私に身を任せておれ」

「わたくし、だけ……など…」

「そなたが乱れる様を見るだけで、私は満足だ」

「はあ、っんん…く」

わざとではなかろうが、濫吹しながら話されると、なおさら快感が増す。

思わず、手近にある太腿に縋りついて、はしたない声を漏らした。それが恥ずかしく、嬌声を殺そうと内腿に軽く嚙みつく。

途端に、雅宗の摩羅が硬くなった。先には、恥蜜も光っている。

敦頼の菊路内を慣らす所為も、さらなる熱がこもった。

「え？　な、に……義兄君…？」

声を堪えようと食《は》んでいた彼の腿より、口を離す。

敦頼の男根から、菊筒へと顔を埋めてこられて惑乱した。指とともに、舌が挿ってきて、

いっそう柔襞を玩弄し尽くされる。

「あっあ…っあ…んっ、んっ……んふ」

「そなたは、艶菊までも美しいな」

「つ、や……？」

「この世にふたつとなき紅色の花びらを妖しく蠢《うごめ》かせ、私を誘うておる」

「違…っ」

なんのことを言われているのか察し、敦頼はなおも頬が熱くなった。

菊座や、その内側についての比喩《ひゆ》とわかり、消え入りたくなる。只今、その艶菊を目の前で雅宗に眺められているばかりか、戯弄《ぎろう》されていては、なおさらだった。

左様なつもりは微塵もないと、かぶりを振る。しかし、彼の色めきは抑えられぬとみえて、脆《もろ》いところを過《あやま》たず愛玩《あいがん》してくる。

様々に戯れられて、もはや、極める寸前だ。

顔を離してくれるよう頼んだが、平素どおり躱された。今回はすぐには吐精させてもらえず、男根の根元を指でつくった輪で堰《せ》き止められる。

斯様な仕儀は初めてで、早々に達したい敦頼が取り乱した。

「義兄、君……もう……気を、遣らせてくださ…ぁ」

「今少し、堪えよ」

「なに、ゆえ…です？」

「これまでになき、最上の快さを味わえる」

「や……わたくし、は……いつもので…」

「ならぬ。そなたの体調を見ながらだが、真実、私の伴侶となったからには、今まで以上に私色に染めていくゆえ、その心づもりでな」

「義兄君の、色に……？」

「左様」

考えてみれば、父に帝へ差し出されて以来、雅宗とは初の睦み合いだ。

それが、よもやの結婚の申し入れである。今宵は、夫婦として過ごす初めての床入りだと思うと、なんとも面映ゆかった。

雅宗の言葉にも全身が赤らむも、今度こそ誰の邪魔も入らず、以降の人生は彼のものだけになれるのは、まさに夢のようだった。

閉じられた狭く甘い牢獄《ろうごく》に、敦頼は好んで再び自ら入る。しかも、此度は背徳の世界とも承知だ。

弾む呼吸で息をつき、眼前の摩羅にくちづけた。

「義兄君に、相応しくなるよう……わたくしを、躾《しつ》けてください…ませ」

「…そなたは、私を昂ぶらせる天才だな」

「え?」

「無我《むが》か。まこと、そなたらしい」

「あっ、ん……そこ、は……あっぁ」

「自業自得だ」

男根の根元を縛《いまし》められたまま、菊筒内を気が遠くなるほど弄《まさぐ》られた。許しを乞《こ》うても、焦《じ》らされ、泣き濡れてようやく束縛がほどかれる。

「んあぁあ!」

一瞬、敦頼は目の前が真っ白になった気がした。その後、怒濤《どとう》のような快楽が一気に襲いかかってきて、眩暈を覚える。

「っは……あう、ふ…ぁ」

「夢心地《ゆめごこち》の面持ちなるは、淫楽《いんらく》を得られたか」

「あぁん…っ」

淫水を飲まれたことにも、気づかなかった。四本も入れられていた指を残らず、抜かれた事実にもだ。

かつてなき夢現《ゆめうつつ》の心境に茫然とする敦頼を後目に、雅宗が身を起こす。

すぐさま、敦頼を仰向けにし、両脚の膝裏を持ち上げて開いた。

「挿れるぞ」

「えっ」

「そなたは、なにも気にせず、身体の力を抜いておくがよい」

「義兄君…？　ふぅあ⁉　あ、あっ、あああぁ！」

滾《たぎ》るほど熱く、太い楔が菊門をつついたのち、ゆるゆると押し入ってきた。

さんざん指で擦り立てられた弱い部分を含めて、熱杭が占めていく。隙間なく、みっしりと奥へ進んできながら、彼が上体を倒してくる。

「んんっ」

「敦頼。舌を出すのだ」

「ふ……ぅむ」

顔の向きを何度も変えて、口脇《くちわき》をぴったりと合わせるくちづけが繰り返された。呑み込み切れなかった唾汁が、唇の端からこぼれる。それを追い、雅宗の唇はいろいろな場所に移っていった。

顎から首筋、耳朶《じだ》、肩など、至る箇所に吸い痕の深紅の花が咲く。

胸元や胸乳の尖りも、舐めては齧られた。泣いて止めても、ひりひりするまでやめてもらえなかった。

もちろん、この間も、屹立《きつりつ》の挿し入れはつづいていた。丹念にほどかれたせいか、痛みはほぼない。

かわりに、その嵩で狭い菊路が塞がれているゆえ、息が苦しかった。

「余さず、挿ったぞ」

「あぁ……んう」

「敦頼？」

「……っ」

眉を軽く寄せて閉じていた瞼に、唇が落ちてきた気配がした。そっと双眼を開くと、相変わらず気遣わしげな眼差しの彼がいる。

恋人どころか、連理の契りを交わす仲になろうと、雅宗の優しさは変わらない。おそらく、生涯、このままなのだろうと想像できて、胸が幸せで潰れそうだった。

「どこも、つろうはないか」

「は、い…」

「左様か。よかった」

「ただ……お願いが、ございま…す」

「なんだ」

敦頼の髪や眦、唇を啄みつつ、彼が笑って訊ねてきた。髻《もとどり》が乱れて降りかかる一筋の黒髪を掻き上げて、敦頼も微笑んだ。

「今宵は、義兄君がわたくしと結婚いたすと、決めて……初めての夜、です」

「うむ」

「どうぞ、わたくしの身は、ご案じ召されず……義兄君がなさりたきように、手心もお加えなく……思うままに、お好きにいたして、くださ い…ませ」

「敦頼」

たとえ、意識を失おうとも平気だ。それは、雅宗に愛されて、心地よくなりすぎたがゆえのことである。

しばらく経てば目を覚ますはずなので、気がすむまでつづけてほしい。

途切れがちにそう告げると、鼻先を軽く噛んで目笑された。

「あとで後悔しても、知らぬぞ?」

「悔いま、せぬ」

「途中で『やはり、勘弁』は、聞かぬからな?」

「約束は……守りま…す」

男に二言《にごん》はない。それよりも、雅宗のほうこそ、敦頼を慮って、中途でやめるとならぬよう言い返す。

「わかった。遠慮なく抱こう」

「必ず、最後まで……あぅ、あ!」

早速とばかりに、淫襞に馴染《なじ》んだ頃合の熱塊で突かれて嬌音をあげた。

強かな腰使いで中を掻き混ぜられ、慎みなき声が止まらない。その様もいたたまれぬのに、己と彼の腹で擦られた敦頼の男根が、また芯を持っていた。

「ああっ…あ…んゃ……あっん…」

「感じやすいそなたも、実に愛らしい」

「や……恥ずか、し…っ」

「左様な気も回せぬようにしてやろう」

「ぃあ…あ、あ、あ……んぅん」

両脚が肩につくような格好で身体を折り曲げられ、自ずと敦頼の腰が浮いた。なおも抜き差しが烈々《れつれつ》となり、深部を熱楔で突き下ろされる。互いの尻臀や陰嚢がぶつかり合い、渇いた音を立てた。

雅宗の唾汁で湿らされた菊筒内からも、微かな水音が聞こえてくる。

斯様に激しい交媾は初めてで、ついていくのがやっとだ。

これまで、どれだけ彼に我慢を強いてきたのかが、偲ばれた。

「たしか、ここであったな」

「んぁ……あっあっあ…っ」

ひときわ悶えずにはいられぬ弱きところを、雅宗が抉ってきた。そこをねっとりと、嫌というくらい攻め抜かれて、己を保っていられなくなる。

ふと、声も出ぬほどに恍惚となった。なれど、男根は果ててはいない。

それを見た彼がどこかうれしそうに、敦頼の額に唇を押し当てて囁いた。

「艶菊のみで、気絶同然の喜悦を得て気を遣ったか」

「……え?」

「早くも、私の意に染む身になってきたな」

「義兄、君……んぁう」

「常以上に、きつい締めつけだ」

詳しい経緯《しご》を訊ねるよりも、打ちつける腰の動きが強まった。極め切れずにいた男根も、大きな手で扱かれる。

一度、盛大に精を吐いたせいか、どこもかしこも聡くなっている。そんな身体を大胆に触られているため、全身が蕩けてしまいそうな心地だった。

さして間を置かず、逆巻《さかま》くような熱い淫精が体内へと流れ込んでくる。

敦頼の願いを聞き入れて、中に出してくれたのだ。潤沢な量の奔流で、菊筒内が満たされていく。

「は、ぁあ…んふ……う、ああ、あっ」

同時に、敦頼も淫水を放ち、雅宗の手と己の肌を濡らす。体勢のせいで自らの頬まで飛んで汚れたが、彼が舐め取ってくれた。

「悩殺させる顔をしおって」

「あ……心から、幸せ…にて…」

「なにがだ」

「わたくしの…内が……ぁん」

「ん？」

「義兄君の、お胤で…いっぱいかと、思うと……んぅ」

「……っ」

「え⁉　…あぅう」

不意に、雅宗ごと身体が起こされて驚く。

なにごとかと見遣れば、ふたり分の衣服の上に、彼が敦頼を向かい合わせで膝へ座らせて自身の腰を跨がせ、胡坐をかいていた。

もちろん、まだ繋がったままだ。

唐突な構えの変化も、斯様な姿を取らされるのも初めてゆえに惑う。それ以前に、己の重さで雅宗の摩羅をいちだんと深く銜え込んでしまって、身をよじった。

そもそも、ついさきほど淫精を奔出させたばかりの彼だ。

それにもかかわらず、すでに硬さを取り戻していて息を呑む。心なしか、先よりも嵩が高くなっている気すらした。

若干、高いところから見下ろす形になった敦頼が、胸を喘がせて訊ねる。

「義兄君……この、格好は…っ」

「ずっと、試みてみたかったのでな。私を奥まで感じ取れるであろう」

「……はい。…なれども、義兄君の摩羅は……まだ、大きくおなりに…？」

「そなたのせいだ」

「わたくし、で……ござい、ます…か？」

「責任は取ってもらわねば」

「あのっ……なにを、いたしたので……ふああ！」

問い半ばにて、尻臀を割り開くようにされ、下から突き上げられた。

倒れそうな身を支えるべく、間近の逞しい首に両腕でしがみつく。注ぎ込まれて間もない淫精が逆流し、抜き差しに合わせて菊門から溢れ出す。

菊壺を源に立つ濡れた音も、敦頼の羞恥を煽った。

「ん、あっ…ああ……義兄、君…ぃ」

「敦頼」

汗で額に貼りついた蒸栗色の髪を、雅宗が優しく払ってくれた。

それに反し、突く、擦る、掻き回すという所作は、緩急をつけてつづいている。鎖骨や耳の裏、うなじをも噛んだり、吸ったりされて惑溺した。

「愛している」

「ん……わたくし、も…」

「そなただけを、永久に」

もし、また来世でも兄弟で生まれたとしても、伴侶には敦頼を選ぶ。仮に、他人で生まれたならば、必ずや捜し出してみせる。

彼の想いが、痛いほどに伝わってきた。

己も同じだと言いたくて、震える手で眼前の両頬を包み、黒い双眼を見つめた。

「義兄君、ありてこその……わたくしに…ございます」

雅宗がいなかったら、生きている意味も価値もない。雅宗のみが、敦頼を敦頼たらしめてくれる存在だと告げた。

「うあ…っ……ああん」

なおも、膨らんだ摩羅に悲鳴をあげる。再度、彼を煽った意識のない敦頼は、この日より三夜連続で、明け方まで抱かれることとなった。


以降、敦頼は異能にて、雅宗を支えつづけた。雅宗が家長になって以来、壬生家はますます繁栄し、以後、数十年に及び栄華を極めた。

あとがき

こんにちは。もしくは、はじめまして、牧山です。

このたびは、『花の匣《はこ》　～桜花《おうか》舞う月夜の契り～』をお手に取ってくださり、ありがとうございます。

今回は、ひさしぶりの平安時代もので、名門貴族・壬生雅宗《みぶのまさむね》と、その異母弟・壬生敦《あつ》頼《より》のお話です。

お読みいただいた方、口絵をご覧になられた方にはおわかりのとおり、複数交叉です。厳密には、複数は初ではないのですが、三人は初めてになります。初複数は四人でしたが、実質的には実兄弟カップル同士が見せあいっこをするという…。

なんとなく、チャレンジする順序を間違っている気がする今日この頃です。

なお、前回の平安時代もの（『平安異聞　君ありてこそ』イースト・プレス／アズ・ノベルズ刊）でも、百人一首から、式子内親王《しょくしないしんのう》の歌を巻頭に据えるスタイルを取りました。

本作と前作に関連性はないのですが、自称・百人一首愛好家として、機会を見つけてはお気に入りの一首が登場するお話をと、目論んでおります。

本作品では、歌の内容と詠み手の生涯を勘案しながら、精選の藤原義孝《ふじわらのよしたか》の句を用いました。

早速ですが、ここからは皆さまに、お礼を申し上げます。

まずは、いつも、優美で寛雅なキャラクターを描いてくださる周防佑未先生、大変お忙しい中を、誠にありがとうございました。

しかも、今回はカバーラフ別案公開という、当初の予定にはなかった急な申し出を聞き届けてくださり、重ねて感謝申し上げます。

制作時には、カバーラフ案を二点いただき、過去最高の時間をかけて、迷いに迷いました。あげく、選べなかった方をお蔵入りにしてしまうのは勿体ない！　との気持ちが押し寄せ……。

結局、巻末にラフ収録をさせていただけるよう、担当さまよりお願いしていただいた次第です。おかげさまで、周防先生のご許可の下、素敵な別案を皆さまにもご覧いただける運びとなりました。幾重にも、眼福です。

担当さまにも、大変お世話になりました。時代もの独特の言葉の読み方や意味など、おつきあいくださいまして、ありがとうございます。また、編集部をはじめ関係者の方々、HP管理等をしてくれている杏さんも、お世話になりました。

最後に、この本を手にしてくださった読者の方々に、最上級の感謝を捧げます。少しでも楽しんでいただけましたら、幸いです。

お手紙やメール、贈り物も、ありがとうございます。

それでは、またお目にかかれる日を祈りつつ。

二〇一六年　初夏

牧山とも　拝

牧山とも　オフィシャルサイト　http://makitomo.com/

素敵すぎる二人に
緊張しながらのお仕事でしたが、
今回も牧山先生の平安世界に
ご一緒させて頂けて感無量です！
本当にありがとうございました！
周防　拝
2016,7

《主要参考文献》

発行元：株式会社KADOKAWA　角川ソフィア文庫　『新版　百人一首』　島津忠夫【訳註】
発行元：株式会社講談社　講談社学術文庫　『百人一首』　有吉　保【全訳註】
発行元：株式会社講談社　講談社学術文庫　『日本霊異記（中）』　中田祝夫【全訳註】
発行元：株式会社至文堂　『平安時代の信仰と生活』　山中　裕／鈴木一雄【編】
発行元：株式会社至文堂　『平安時代の環境』　山中　裕／鈴木一雄【編】
発行元：株式会社小学館　『源氏物語図典』　秋山　虔／小町谷照彦【編】／須貝　稔【作図】
発行元：株式会社第一学習社　『改訂新版　新総合国語便覧』　稲賀敬二／竹盛天雄／森野繁夫【監修】
発行元：株式会社淡交社　『陰陽道と平安京　安倍清明の世界』　川合章子【文】／横山健蔵【写真】
発行元：株式会社徳間書店　現代人の古典シリーズ19　『貞観政要』　呉　兢【著】／守屋　洋【訳】
発行元：株式会社日本経済新聞出版社　日経ビジネス人文庫　『帝王学』「貞観政要」の読み方　山本七平【著】
発行元：株式会社光村推古書院　『京都時代MAP（R）平安京編』　新創社【著】

牧山とも先生、周防佑未先生へのお便り、
本作品に関するご意見、ご感想などは
〒101-8405
東京都千代田区三崎町2-18-11
二見書房　シャレード文庫
「花の匣～桜花舞う月夜の契り～」係まで。

本作品は書き下ろしです

CHARADE BUNKO

花《はな》の匣《はこ》～桜花《おうか》舞《ま》う月夜《つきよ》の契《ちぎ》り～

【著者】牧山《まきやま》とも

【発行所】株式会社二見書房
東京都千代田区三崎町2-18-11
電話　03(3515)2311［営業］
　　　03(3515)2314［編集］
振替　00170-4-2639
【印刷】株式会社 堀内印刷所
【製本】株式会社 村上製本所

落丁・乱丁本はお取り替えいたします。
定価は、カバーに表示してあります。

ISBN978-4-576-16128-0

http://charade.futami.co.jp/

CHARADE BUNKO

スタイリッシュ&スウィートな男たちの恋満載

鈴木あみの本

不束者ですが、よろしくお願いいたします。

九《く》尾《び》狐《こ》家《け》妃《きさき》譚《たん》 ~仔猫の褥~

イラスト＝コウキ。

九尾狐王家の世継ぎ・焔来に幼い頃から仕えてきた猫族の八緒。出逢ったときから惹かれてやまないその焔来が、初めての床入り「御添い臥し」を行うことに。経験があると偽り、焔来への想い一つでその御役目を勝ち取った八緒。種族が違い、焔来の仔狐を産むことはできない雄猫なのに、何故か身籠り!?

CHARADE BUNKO

スタイリッシュ&スウィートな男たちの恋満載

あさひ木葉の本

渇情

こうして踏みにじられるように抱かれるのが快感か

イラスト＝実相寺紫子

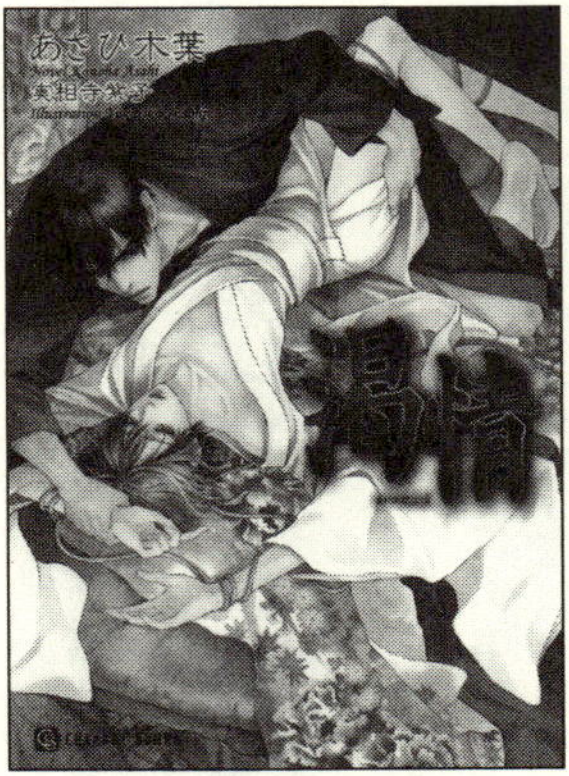

関東一の侠客・鬼頭一家の次男・圭介のものとして引き取られた契。圭介は契に縁談話が持ち上がった日から態度を一変させ、男同士の交わりを強いるようになる。気を失うほどに激しく嬲られ性奴隷として調教されていく一方で、主である圭介へ変わることのない想いを抱き続ける契。餓える二人の果ては――。